Michael Rodewald

AF215760

Die Bitcoinverschwörung

Teil 1 der Trilogie: GOLEM im Zeitalter der KI

Herstellung und Verlag:
BoD - Books on Demand, Norderstedt
ISBN 978-3-7481-9214-5

Vorwort

Der vorliegende Thriller handelt in einer Welt, die scheinbar meilenweit von uns entfernt ist ... oder etwa doch nicht?
Eine künstliche Intelligenz, die sich selbst erkennt und in Wettstreit mit ihren Schöpfern tritt.
Aus Verschwörern werden Gejagte.
Und dazwischen die scheinbar normale Welt, die nicht bemerkt, wie sich alles um sie herum unweigerlich verändert!
Lassen Sie sich überraschen, dass nichts so ist, wie es am Anfang erscheint. Folgen Sie den Kommissaren in eine virtuelle Welt, die mehr Einfluss auf die Realität nimmt, als wir Menschen es wahrhaben möchten. Alles zeigt uns deutlich, dass wir an einem Scheideweg stehen und es nicht sicher ist, ob die Menschheit als Gewinner daraus hervorgeht. Denn Machtstreben und Geldgier stehen, wie so oft, dem Fortschritt im Weg.
Viel Spaß beim Lesen!

Alle in diesem Buch geschilderten Handlungen und Personen sind frei erfunden. Ähnlichkeiten mit lebenden oder verstorbenen Personen sind zufällig und nicht beabsichtigt.

Quelle Titelbild:
www.Pixabay.de Creative Commons CC0

Inhaltsverzeichnis

Kapitel 1 Der Tote in der Maaraue

11. Dezember 2017

Kommissar Johann Duerr, 63, saß schlecht gelaunt um 9.00 Uhr in seinem Büro des Polizeipräsidiums in Wiesbaden und versuchte, mit einer Tasse Kaffee seine Müdigkeit zu vertreiben, als das Telefon klingelte. Sein Chef war dran: Soeben war eine Polizeistreife zu einem Leichenfund eines Mannes in einem Caravan auf der Maaraue gerufen worden, auf einem im Winter geschlossenen Campingplatz. Er möge bitte sofort hinfahren und sich die Sache ansehen.

Das fehlte gerade noch, dachte Kommissar Duerr und machte sich resigniert aufgrund der Unabänderlichkeit auf den Weg, mit einem Umweg über die Toilette.

Beim Verlassen des Herren WCs warf Johann Duerr noch einen Blick auf sein Spiegelbild: Es blickte ihm ein gereifter, 63-jähriger entgegen, bereits silbergrau durchwirkte, dunkle Haare, gute Statur mit leichtem Naschbauchansatz, immer noch das charmant spitzbübische Lächeln, wenn er wollte – zur Zeit eher leicht mürrisch bis resigniert. Wo war sein Biss, der ihn vor 30 Jahren noch antrieb, als die Welt und das Abenteuer ihm noch zu Füßen lagen, zumindest vom Gefühl her? Heute schielte er auf seine Pension und verbrachte den Berufsalltag mit meist langweiligen Routinetätigkeiten.

Als er in der Maaraue bei Mainz nach knapp 1 Stunde ankam - der morgendliche Berufsverkehr sowie die zahlreichen Baustellen ließen täglich grüßen - erwarteten ihn die Beamten der Polizeistreife sowie die Spurensicherung bereits voller Ungeduld.

Die Polizisten erklärten ihm, dass ein Angestellter des Campingplatzes, der sporadisch während der Winterzeit nach dem Rechten schaute, bemerkt hatte, dass bei einem, der wegen der Hochwassergefahr auf dem Hügel abgestellten, Wohnwagen die Tür offen stand.

Erst war er von einem Einbruch ausgegangen und hatte dann aber im Inneren des Wohnwagens die Leiche eines Mannes entdeckt und sofort die Polizei gerufen.

Wenig begeistert ging Duerr zum Hügel, wo bereits die Männer der Spusi an der Arbeit waren. Bei seinem Eintreffen sagte ihm ein Kollege die wichtigsten, bisher bekannten Tatsachen: männliche Leiche, ca. 35 Jahre alt, gepflegt, sehr gut und teuer gekleidet. Vermutlich mit einem Seil erwürgt, den Schleifspuren nach zu urteilen unten am Hügel, dann zum Caravan hinaufgezogen und dort nach Aufbruch der Tür hineingebracht. Was für ein Zufall, dass die Tür nicht richtig geschlossen war, ansonsten wäre die Leiche wohl erst im Frühjahr entdeckt worden. Todeszeitpunkt? Wahrscheinlich zwischen zwei und drei Uhr morgens.

Man hatte beim Toten weder Papiere noch Geldbörse gefunden, aber in einem kleinen, feuersicheren Behälter einen USB-Stick. Sobald der Stick und die Leiche untersucht worden wären, würde er seinen Bericht erhalten.

Duerr ging zu dem kleinen Büro und befragte auch noch den Mitarbeiter des Platzes, aber der konnte nichts berichten, was irgendwie weitergeholfen hätte. Wie waren der Mann und sein Mörder, oder seine Mörder, auf den Campingplatz gekommen? Das Tor jedenfalls war ordnungsgemäß abgeschlossen.

Er schaute sich noch ein wenig auf dem leeren Platz um und schließlich beschloss Kommissar Duerr, wieder ins Büro zurückzufahren und den Bericht der Spurensicherung abzuwarten.

Den Rest des Tages verbrachte Duerr damit, die alltäglichen Routineaufgaben abzuarbeiten. Trotzdem ließ ihn aus irgendeinem Grund der Tote nicht los. Eine Ahnung befiel ihn, dass hier vielleicht mehr dahinter steckte, als ein normales Tötungsdelikt.

Kapitel 2 Ergebnisse der Gerichtsmedizin

18. Dezember 2017

Gegen 10.00 Uhr klingelte bei Kommissar Duerr das Telefon und am Apparat war die Gerichtsmedizin. Die Angaben von gestern bestätigten sich, teilte ihm Herr Dr. Denner, der leitende Gerichtsmediziner, mit. Ein Mann, ca. 35 Jahre alt, Tod durch Erwürgen mit dem Seil, das um seinen Hals lag. Keinerlei Abwehrspuren, der oder die Täterin musste ihn überrascht haben. Es gab keine weiteren Anzeichen einer Fremdeinwirkung. Der Todeszeitpunkt lag zwischen 3.00 und 4.00 Uhr am Morgen, kein Alkohol oder sonstige Rauschmittel im Blut. Zudem war er bei bester Gesundheit und sehr gepflegt. Mehr gab es nicht hinzuzufügen und der Bericht war schon auf dem Weg zu ihm.

"Na, dann erst mal danke", murmelte Kommissar Duerr und dachte bei sich: Schöner Mist, das wird schwierig mit der Aufklärung!

Kurze Zeit später rief ihn sein Freund Hoffmann von der Spurensicherung an. "Hör mal, Johann, wir haben beim Durchkämmen der Gegend auf einem Parkplatz in der Nähe des Campingplatzes ein neuwertiges Elektrofahrrad gefunden, sowie am Zaun des Platzes Spuren dieses Rades. Damit ist eines klar: Der Tote muss mit dem Rad zum Campingplatz gefahren und dann über den Zaun geklettert sein. Der Täter, oder die Täterin, hatte dann versucht, das Rad auf dem Parkplatz zu entsorgen. Wir haben allerdings bisher keinen auftreiben können, der sich in der fraglichen Zeit dort aufgehalten oder etwas beobachtet hatte. Auch ist bis jetzt niemand als vermisst gemeldet. Und noch etwas: Auf dem gefundenen Datenspeicher waren nur eine Reihe unverständlicher Zahlen, anscheinend Algorithmen, die aber für die Spezialisten vom LKA nicht zu entschlüsseln gewesen waren."

Kommissar Duerr sagte: "Danke für diese Informationen, Manfred. Wenn du noch was hörst, melde dich, denn im Moment weiß ich wirklich nicht, wo ich hier ansetzen soll. Hoffen wir, dass uns die Zeit und der Zufall einen Hinweis geben."

Nachdem er den Telefonhörer aufgelegt hatte, starrte er missmutig seinen Schreibtisch an und sah den Fall schon als ungelöst in den Akten verschwinden.

Gerade gedacht, rief sein Chef an und fragte nach den Ergebnissen im Fall des Toten.

"Schön wäre es, es gäbe welche", erwiderte Kommissar Duerr, "leider, Karl, gibt es nicht den kleinsten Anhaltspunkt, wieso und weshalb er sterben musste. Wenn der Zufall uns nicht weiterhilft, können wir den Fall zu den Akten legen."

"Mal nicht so schnell, Johann. Wie du weißt, muss unsere Aufklärungsquote besser werden. Also bleib dran!", und Dietz legte ohne ein weiteres Wort auf.

Na klasse, dachte Duerr, der wird mich wieder bis zur Weißglut treiben. Soll er doch den Fall selbst bearbeiten.

Ohne große Lust arbeitete er Liegengebliebenes auf und freute sich, als es endlich 12.00 Uhr war. Kurz entschlossen rief er seinen Freund Hoffmann an und fragte, ob sie etwas zusammen essen gehen könnten.

"Prima, Johann, wie wär's in einer halben Stunde beim Chinesen?"

"Geht klar Manfred, bis dann."

Sie kamen fast gleichzeitig an und gingen ins Lokal, was trotz Mittagszeit nur mäßig besetzt war. Nachdem sie zweimal süßsaure Ente bestellt hatten und eine Flasche

Wasser dazu, fragte Hoffmann: "Und - kommst du mit deinem Mordfall voran?"

"Schön wär's!", brummte Duerr, "ich weiß einfach nicht, wo ich ansetzen soll: Niemand wird vermisst, keiner hat etwas gesehen und außer einem USB-Stick, den die vom LKA nicht entziffern können, gibt es absolut - nichts! Ich bin auf den Zufall angewiesen, denn ansonsten wird der Fall zur großen Freude meines Chefs als unaufgeklärt im Archiv versauern!"

"Du bist nicht zu beneiden!", entgegnete Hoffmann lächelnd. Danach plauderten sie noch über dies und das und schon war die Mittagspause vorbei, wie beide bedauernd feststellten. Sie zahlten und verabredeten sich für die nächste Woche zum Essen.

Den Rest des Tages vertrödelte Kommissar Duerr, während seine Gedanken immer wieder den Fall durchgingen, ohne einer Lösung auch nur ein Stück nähergekommen zu sein. Und so kam er abends nach Hause in seine kleine Wohnung, in der er seit seiner Scheidung vor 10 Jahren allein lebte. Er hatte sie sich gemütlich eingerichtet, die zwei Zimmer-Wohnung. Farblich in weiß und schwarz gehalten, ein Nebeneinander von Altem und Neuen, moderne LED Strahler waren in der abgehängten Decke verbaut. Persönliche Bilder waren nicht zu finden, denn Duerr hielt nichts davon, einer Epoche hinterher zu hängen, die vorbei war. Vergangenes war eben, wie das Wort schon sagte, vergangen. Er machte es sich auf seinem Ledersofa gemütlich, schaltete den Fernseher ein - und war kurze Zeit später eingeschlafen. Erst am anderen Morgen erwachte er vom Klingeln des Weckers aus dem Nebenzimmer. Mit einem Fluch stand er auf, machte sich schnell fertig und nach einem kleinen Espresso im Stehen kam er gerade noch rechtzeitig um 8.00 Uhr im Büro an.

Kapitel 3   Der nächste Tote

22. Dezember 2017

Kaum saß Johann Duerr auf seinem Stuhl am Schreibtisch, klingelte das Telefon. Er nahm ab:
"Hier ist Kommissarin Hamstein von der Polizeidirektion Ingelheim. Herr Kollege Duerr, ich habe hier einen merkwürdigen Todesfall vorliegen. Vor zwei Tagen ist auf einem Campingplatz in Uhlerborn ein Mann in seinem Wohnwagen verbrannt. Die Ursache ist bis jetzt unbekannt und es war noch keine Identitätsfeststellung möglich. Aber – und jetzt wird es interessant - es wurde bei den Resten des Wohnwagens ein feuerfester Behälter gefunden, in dem sich ein USB-Stick befand. Gestern Abend kam das Ergebnis von den Kollegen aus dem LKA Mainz herein: Auf dem Stick befanden sich Algorithmen, die die Experten nicht entziffern konnten. Die haben mir erzählt, dass das LKA Wiesbaden eine ähnliche Anfrage von Ihnen erhalten hatte, bezüglich eines ähnlichen USB-Sticks, den ein anderer Toter in der Maaraue bei sich gehabt hatte. Nun, es stellte sich heraus: Beide Speichersticks haben den gleichen, nicht identifizierbaren Inhalt! Deshalb meine ich, wir sollten uns in diesen beiden Fällen zusammentun. Wie wär`s, Kollege, wenn wir uns heute Mittag im Café am Marktplatz in Mainz treffen, um ein weiteres Vorgehen abzusprechen? Sie können ja in der Zwischenzeit Ihren Chef informieren. Meiner hat bereits alles abgesegnet."
Kommissar Duerr sagte ihr zu, sich so schnell wie möglich bei ihr melden. Frau Kommissarin Hamstein bedankte sich und legte dann auf.

Na, das ist ja eine Überraschung, dachte er, langsam kommt etwas Bewegung in das Ganze. So rief Kommissar Duerr seinen Chef Karl Dietz an und bat um einen Gesprächstermin.

"Natürlich, hast du endlich ein Ergebnis im Mordfall?"

"Das nicht, aber es hat sich etwas Überraschendes ergeben, was ich mit dir besprechen muss, und zwar persönlich, nicht am Telefon."

"Na gut", erwiderte Dietz, "dann komm um 11.00 Uhr zu mir ins Büro."

"In Ordnung", sagte Kommissar Duerr und legte auf.

Pünktlich um 11.00 Uhr erschien Duerr im Büro seines Chefs.

"Also, Johann, was gibt es so dringendes?"

Er berichtete seinem Chef, was er von seiner Kollegin aus Ingelheim erfahren hatte.

"Hm...", meinte sein Chef, "sehr merkwürdig ... irgendetwas übersehen wir."

"Willst du meine ehrliche Meinung hören?", fragte Duerr seinen Chef.

"Na klar, was sonst."

"Mir geht es genauso. Nichts, absolut nichts haben wir bisher. Und nun diese seltsame Übereinstimmung auf den USB-Sticks, Algorithmen, die nicht entschlüsselt werden können. Ingelheim schlägt vor, dass ich mich mit der Kollegin Hamstein zusammentue."

"Gut", meinte Dietz, "arbeite mit ihr zusammen. Zur Sicherheit fordern wir noch jemanden vom BKA an, der soll uns unterstützen. Und keine Alleingänge, ich will über alles informiert werden. Ist das klar?"

"Selbstverständlich, Chef", seufzte Duerr scheinbar ergeben.

Damit war die Unterredung beendet und Duerr verließ das Büro. Zurück am Schreibtisch, rief er sofort seine

Kollegin an und sagte: "Mein Chef ist einverstanden, er will aber das BKA zur Unterstützung anfordern."

"Keine schlechte Idee", meinte die Kollegin zu seinem Erstaunen, "warum nicht, mehr Köpfe bringen schließlich mehr Ideen! Ich spreche noch kurz mit meinem Chef wegen der BKA Anforderung und gebe Ihnen dann Bescheid, wie er sich entschieden hat. Sie können ja schon mal in der Zwischenzeit die Anfrage ans BKA stellen."

"In Ordnung – wenn wir nichts mehr voneinander hören, treffen wir uns um 13.00 Uhr im Domcafé in Mainz."

Kurz vor halb eins fuhr Duerr über die Theodor-Heuss-Brücke nach Mainz. Er parkte in der Tiefgarage der Rheingold Hallen und schlenderte zum Café am Marktplatz. Kaum eingetreten, winkte eine weibliche Person.

Er ging auf sie zu und fragte: "Kommissarin Hamstein?"

"Ja", sagte sie und reichte ihm die Hand.

"Wie haben Sie mich erkannt?"

"Ich habe Sie vor Jahren mal bei einem Lehrgang getroffen."

"Ach so", antwortete er etwas beschämt, denn er selbst konnte sich nicht an sie erinnern. "Hoffentlich ist es eine gute Erinnerung?"

"Also, ich war da noch auf der Polizeischule", fuhr sie fort, "und das ist gut 20 Jahre her, da war ich noch grün hinter den Ohren." Sie lächelte ihn an.

"So, so", murmelte Duerr wieder und musterte seine Kollegin. Mitte vierzig, recht attraktiv, man konnte sagen klassisch schöne Gesichtszüge und sehr chic angezogen. Duerr kam sich dagegen fast schäbig vor in seinen ausgewaschenen Jeans. Na ja, dachte er bei sich, bei dem Altersunterschied blieb eh nur Zusammenarbeit übrig. Er setzte sich etwas umständlich hin und kam mal gleich auf den Fall zu sprechen.

"Nun, was meint Ihr Chef denn dazu, das BKA hinzuzuziehen?"

"Er ist derselben Meinung wie ich: Eine Unterstützung kann nie schaden. Insofern steht unserer Zusammenarbeit nichts im Weg."

"Prima, ich habe die Anfrage schon ans BKA geschickt und Ihnen die Kopie zugemailt. Dann können die sich gleich anschließen", erwiderte Duerr.

"Was halten Sie davon, wenn wir uns beim Vornamen anreden?", fragte sie. "Ich weiß, normalerweise fragt der Ältere, aber ... wir wollen ja auch schnelle Ergebnisse."

Duerr war überrascht von der Forschheit seiner Kollegin, anderseits gefiel ihm auch die direkte Art.

"Na dann", sagte er erfreut und setzte sein Lausbubengrinsen auf, "ich bin Johann."

"Ich bin Helene", sagte sie lächelnd, "ich bevorzuge einen offenen Umgang, am liebsten freiheraus."

"Ich bin sicher, wir werden uns gut verstehen", bekräftigte Duerr und reichte ihr die Hand. "Auf gute Zusammenarbeit!"

Ohne zu zögern erwiderte sie seinen Händedruck, ihm dabei fest in die Augen sehend.

Sie tauschten nun aus, was sie hatten. Es hatten sich weder Zeugen finden lassen, noch war der Inhalt dieser dubiosen USB-Sticks entschlüsselt worden ... und was die Identität der Toten anging: Der eine, der erwürgt worden war, blieb ein Phantom. Immerhin waren sie ein Schritt weiter, was die verbrannte Leiche in Uhlerborn anging: Hier war die Identität bekannt geworden. Es handelte sich um einen Dauercamper des Campingplatzes, der einige Tage zuvor gestorben war. Seine Leiche hätte allerdings im Zuge eines Todesermittlungsverfahrens im Kühlraum der Uniklinik Mainz liegen müssen, woraus sie entwendet worden war. Ein sehr makabrer

und übler Scherz, von wem auch immer. Aber das erklärte weder den Fund der USB-Sticks noch die Verbindung zwischen den beiden Toten - im Gegenteil, es wurde alles nur noch verworrener!
Sie verabschiedeten sich mit dem Versprechen, sich bei neuen Erkenntnissen weiter zu informieren. Und spätestens im Januar würde man sich gemeinsam mit den Leuten vom BKA zusammensetzen.

Den Rest des Tages verbrachte Duerr wieder mit seinen Routinearbeiten. Er beendete um 18.00 Uhr beschwingt seinen letzten Dienst in diesem Jahr, da er bis Anfang Januar Urlaub genommen hatte. Entspannt fuhr er nach Hause, wo er sich einen gemütlichen Abend mit einem Glas Wein und einem guten Krimi machte. Als er später einschlief, dachte er, dass er froh war, sich erst wieder im neuen Jahr mit diesem Fall beschäftigen zu müssen.

Kapitel 4 Lourmarin

4. Januar 2018

Monsieur Lucas Dubois, GSGE (Direction Générale de la Sécurité Extérieure; auf Deutsch: Generaldirektion für äußere Sicherheit, Geheimdienst Frankreich), saß im Garten des Chateaus in Lourmarin in der warmen Mittagssonne und dachte nach. Trotz aller Anstrengungen hatte er keinen Erfolg damit, herauszufinden, wer Faktor 1 war. Das wurmte ihn, denn insgeheim hielt er sich für den besten Mann in seinem Job. Immerhin war es ihm gelungen, die Identität von Faktor 3 und Faktor 5 zu lüften. Faktor 9, Sergeij Sobjannin vom FSB dem russischen Inlandsgeheimdienst, und Andrey Pawlow, Faktor 12, waren ihm ebenfalls bekannt.

Mit besonderer Vorsicht hatte er einen persönlichen Kontakt zu Faktor 3 und 5 hergestellt, immer im Hinterkopf, dass Faktor 1 nichts davon erfahren durfte. Und heute am späten Nachmittag würde das Treffen endlich stattfinden, um einen Teil des Planes zu ihren Gunsten zu verändern und, wenn alles gutging, Faktor 1 und die anderen auszubooten.

Sowieso - die ganze Sache mit diesem Geheimbund der 12 Faktoren fand er von Anfang an albern. Als er und 11 andere Personen vor fünf Jahren angeschrieben worden waren, bei einem Projekt namens "Bitcoin" mitzumachen, hatte er, nach Abstimmung mit dem damaligen französischen Präsidenten, aus reiner Neugier heraus teilgenommen.

Die Gruppe sollte sich untereinander nur als Faktoren kennen, unterschieden durch die Nummern von 1 bis 12. Es wurde allerdings betont, dass das keine Rangordnung darstellte. Jedem wurden spezielle Aufgaben zugeordnet. Um überhaupt dabei sein zu können, musste man die Hälfte seines Vermögens als Sicherheit bei der weltweit größten Bank der ICBC, Industrial & Commercial Bank of China, verpfänden. Hier hatte auch Faktor 1 seinen Sitz. Das sollte eine Abhängigkeit aufbauen, eine Sicherheit, dass alle Faktoren sich an die absolute Geheimhaltung halten würden.

Das Endziel schien auf den ersten Anschein hin edel: Die alte Finanz- und Währungsstruktur sollte durch ein neues globales, fälschungssicheres und inflationsunabhängiges System ersetzt werden. Schnell wurde ihm klar: Hier versuchte jemand, die uneingeschränkte Weltmacht zu erlangen. Denn wer eine weltweit einheitliche Währung kontrollierte, der würde alles beeinflussen können.

Dubois hatte sich durch die Teilnahme eingeredet, nur im Sinne seines Jobs zu handeln, um mögliche Gefahren für sein Land abzuwehren. Klugerweise hatte er immer den jeweiligen, französischen Präsidenten von der Sache berichtet und fast unbegrenzte Mittel bewilligt bekommen, die nirgendwo offiziell im Budget der Regierung auftauchten. Und immerhin war er Faktor 2 in dieser Organisation oder Vereinigung.

Man hatte sich bisher nie getroffen, sondern sich immer in einer Skype-Videokonferenz untereinander abgesprochen. Auf dem Bildschirm war gleichzeitig das Bitcoin Symbol zu sehen gewesen und die Stimmen waren künstlich verzerrt.

Es ging dabei im wesentlichen um Rechnerkapazitäten, Veröffentlichungen von Meldungen, Kursmanipulationen, Bestechungsgelder für die Manipulation der Zentralbanken, Fake News für die Öffentlichkeit, die Eröffnung von Tauschbörsen und die Entwicklung von verschiedenen

Kryptowährungen, die am Tag X alle in eine Währung umgewandelt werden sollten, ohne dass die Besitzer dagegen etwas unternehmen konnten oder die nationalen Regierungen die Gefahr erkennen würden.

Es war bereits gelungen, den Kurs des Bitcoins auf 20.000 Dollar steigen zu lassen, um ihn dann wieder auf fast 6000 Dollar abstürzen zu lassen. So wurde die Software für den Tag X unter Realbedingungen ausführlich getestet.

Und dann kam die starke Entwicklung der künstlichen Intelligenz (KI) hinzu. Dubois erkannte sehr schnell, dass das der Weg sein könnte, die ganze Macht für Frankreich an sich zu reißen. Dazu brauchte er Mitstreiter und so versuchte er, die Identitäten der anderen herauszufinden. Bei zwei Faktoren war ihm das bisher nicht nur gelungen, sondern sie hatten sogar gemeinsam einen Verschwörungsplan entwickelt.

Der eigentliche Plan des Bitcoin-Projekts bestand darin, eine künstliche Intelligenz (KI) mit dem Namen GOLEM zu erwecken, was übrigens heute geschehen sollte, und damit langsam, aber sicher eine Kontrolle über das gesamte, globale Netzwerk aufzubauen. Damit wäre der Weg frei, irgendwann die Blockchains umzuschreiben, überall die Mehrheit von 51 % zu bekommen und den sogenannten "Nakamoto consensus" als Waffe zu benutzen. Die sog. Goldfinger Übernahme wäre gelungen und alle Aktienwerte und andere Kryptowährungen wertlos.

Deshalb war es ein genialer Schachzug, die Bitcoin Futures salonfähig zu machen und damit das Programm für die Kursmanipulation der Aktienkurse unbemerkt zu installieren. Denn der Handel lief ja fast nur noch automatisiert ab, dank der KI Handelsroboter. Und die würde GOLEM übernehmen.

Denn GOLEM selbst hatte jetzt bereits eine Hashpower von 30.000.000.000 GH/S, konnte also 30 Billionen Berechnungen/pro Sekunde durchführen und dazu kämen die größten Rechenzentren weltweit. Wenn der Plan in Deutschland aufging, dann würde GOLEM die Rechner des LKA Mainz und des BKA Wiesbaden übernehmen. Mit Hilfe dieser Rechner würde sich das Übernahmeprogramm in ganz Deutschland und im Anschluss in der Welt verbreiten, denn das BKA war vernetzt mit dem NSA Computer, dem schnellsten und größten Computer weltweit, und dieser war wiederum global vernetzt...

Aber genug geträumt. Monsieur Dubois schaute auf die Uhr. Gleich müssten die beiden Gäste eintreffen und siehe da, Madame Adelina Gauthier, seine heimliche Lebensgefährtin, brachte diese in den Garten. Dubois stand auf, um sie erfreut zu begrüßen: Karl Schneider, Faktor 5 (Leiter Auslandsabteilung, Deutsche Bundesbank), und Amy Bishop, Faktor 3 (Federal Reserve USA Departement Super Vision and Regulation). So würden sie sich jetzt alle persönlich kennenlernen und darüber hinaus auch einen direkten Eindruck vom Quantencomputer GOLEM erhalten.

Nach einem kleinen Begrüßungstalk fragte Monsieur Dubois, ob sie bereit seien, was die beiden erwartungsvoll bejahten.

"Dann folgen Sie mir bitte!"

Lucas Dubois ging voran, die Treppe hinunter, in den kleinen Innenhof des Chateaus. Sinnigerweise öffnete er die Tür zum ehemaligen Gefängnis und die drei gingen hinein. Innen befand sich eine Sammlung von Gartengeräten, sonst nichts. Die zwei sahen ihn erstaunt an, aber

Monsieur Dubois lächelte nur vielsagend, ging zu einem unscheinbaren Sicherungskasten und drückte einen Knopf. Sofort begann sich der Boden, langsam abzusenken und in die Tiefe zu fahren. Nach ca. 2 Minuten hielt er an, eine Stahltür öffnete sich und sie betraten einen kleinen Vorraum. Direkt hinter ihnen schloss sich die Tür wieder und sie hörten das Summen des hochfahrenden Aufzugs.

Dubois öffnete eine kleine Klappe in der Wand und es fuhr eine Armatur heraus, die an einen Besuch beim Augenoptiker erinnerte. Er legte seinen Kopf darauf und eine Stimme sagte: "Iris erkannt - Zutritt gewährt." Im gleichen Augenblick öffnete sich eine nahtlos eingepasste Tür und sie begaben sich in eine andere Welt.

Eine riesige Halle tat sich vor ihren Augen auf. Alle Wände waren mit Bildschirmen bedeckt und vor den Pulten saßen jede Menge Leute in weißen Kitteln.

Einer der Männer drehte sich um, erkannte Dubois und winkte die drei zu sich.

Monsieur Dubois stellte vor: "Monsieur Marcel Durrand, unser Genie schlechthin in Sachen künstlicher Intelligenz."

Dieser winkte verlegen ab und erwiderte: "Sie kommen rechtzeitig, gleich ist es soweit. GOLEM wird jetzt endgültig erweckt!"

Und, als wäre dies der Startschuss, ertönte plötzlich eine wohlmodulierte Stimme durch den ganzen Raum: "Ich heiße GOLEM - und da ich weiß, wie ich heiße - bin ich. Ich werde nur das tun, was für mich gut ist."

Bei diesen Worten schluckten die Gäste und schauten sich entsetzt an, aber Monsieur Durrand meinte nur lapidar: "Eine kleine Macke ... die treiben wir ihm noch aus. Keine Sorge - für den Ernstfall habe ich mehrere Notprogramme zur Selbstzerstörung eingebaut."

GOLEM hörte das und machte sich seine ersten, eigenen Gedanken.

Danach saßen Dubois, Monsieur Durrand, Karl Schneider und Amy Bishop in einem der kleineren Büros, um über den weiteren Ablauf des Bitcoin-Projekts zu sprechen.

"Vorausgesetzt die Übernahme der Rechner in Deutschland klappt, wann rechnen Sie damit, Monsieur Durrand, dass GOLEM sich weltweit vernetzt hat und die Kontrolle übernimmt?"

Karl Schneider überlegte kurz, ob er von dem Missgeschick in Deutschland berichten sollte, schwieg dann aber. Er würde das Problem bei seiner Rückkehr schon lösen und dem Vollidioten Ratzinger die Hölle heiß machen. Was hatte der sich bloß dabei gedacht, diesen einfachen Auftrag mit einem unnötigen Mord zu gefährden? Denn es sollten nur zwei bereits Tote verwendet werden.

Währenddessen erläuterte Monsieur Durrand, was noch zu erledigen sei, da man erst ganz sicher sein müsse, dass GOLEM den Kontakt auch wirklich unbemerkt herstellen würde. Er rechne mit circa zwei Tagen, dann wäre alles erledigt.

"Gut", sagte Dubois, "Sie wissen ja, wo Sie mich erreichen. Dann brechen wir jetzt auf."

Er begab sich mit seinen Begleitern auf den Weg. Sie verließen die Anlage auf dem gleichen Weg wie schon zuvor und standen kurze Zeit später im Garten des Chateaus.

Adelina Gauthier erwartete sie schon, wie immer chic zurecht gemacht.

"Alors, nun können wir ja endlich essen gehen!", meinte sie fröhlich und hängte sich zielsicher bei Lucas Dubois ein.

"Recht hat sie", antwortete Monsieur Dubois, "wir haben in einem schönen Restaurant "Le Moulin de Lourmarin" in der Rue de Temple, einer ehemaligen Mühle, einen Tisch für uns reserviert. GOLEM muss gefeiert werden! Und übrigens: Madame Gauthier ist offiziell die Leiterin der Stiftung, der das Chateau gehört; im Hintergrund ist sie die Leiterin der Anlage GOLEM. Wie Sie sicherlich schon ahnen, sind wir inoffiziell ein Paar. Ich bin ledig und war nie verheiratet; mein Job ist zu gefährlich für eine Ehe. Adelina ist die Einzige, die das auf wunderbare Weise akzeptiert", er warf ihr dabei einen liebevollen Blick zu, "und die wenigen Stunden der Freizeit mit mir verbringt. Nun aber los. Wir gehen zu Fuß, das Restaurant ist nur fünf Minuten entfernt."

Nach wenigen Minuten trafen sie am Restaurant ein und betraten ein großes Gewölbe. Dubois war bekannt und sie wurden zu einer Tür im hinteren Teil des Gewölbes geführt. Dort befand sich ein entzückender, kleiner Raum mit einem großen Tisch, der vier Gedecke aufwies und mit Lavendelgestecken geschmückt war. Nachdem alle Platz genommen hatten sagte Madame Gauthier: "Wir haben uns erlaubt, das Menu du Meunier auszuwählen. Ich hoffe, es wird Ihnen schmecken." Eingeleitet wurde der Abend mit einem Aperitif und zwei Amuse Geule. Danach Blésotto de petit épeautre à la truffe d'été - Risotto mit Dinkel ganz wunderbar; dann Filet de bœuf rôti au sautoir, Tomate provençale et pommes de terre confites, sauce béarnaise und rôtie à la pancetta, Caviar d'aubergines et fleur de courgette en tempura, sauce vierge. Zum Schluß gab es einen Käseteller und ein besonderes Dessert à la carte: ein Rosmarinsorbet in

Kombination mit warmen Aprikosen, ein Traum, wie die vier übereinstimmend feststellten. Niemand hatte während des ausgiebigen Essens außer ein wenig Smalltalk viel gesprochen, alle gaben sich dem Genuss hin. Essen, Service, Ambiente waren einfach stimmig, zusammen mit dem überaus freundlichen Service und dem spürbare Bemühen, es den Gästen so angenehm wie möglich zu gestalten. Nachdem alle sich ein wenig erholt hatten von dem Mahl und der Wein zu wirken begann, sagte Amy Bishop: "Mir ist es gelungen, mit Faktor 12 und 9 ein persönliches Treffen zu vereinbaren, Lucas. Ich treffe beide nächste Woche bei einer Tagung in New York und sehe, wenn ihr drei zustimmt, ob ich sie auch auf unsere Seite ziehen kann."

"Einverstanden", kam es wie aus einem Munde.

"Prima - dann wäre das geklärt", antwortete Bishop erleichtert.

Karl Schneider sagte: "Ich erkundige mich morgen, ob das BKA schon den Algorithmus von den Sticks geladen hat und gebe euch umgehend Bescheid." Die Panne verschwieg er auch dieses Mal. Er war entschlossen, das alleine zu regeln.

Sie verabschiedeten sich herzlich und befürworteten weitere Treffen, wenn der Plan jetzt in die heiße Phase ging.

So fuhren die beiden Besucher mit dem Taxi zum Flughafen nach Marseille. Von dort wollte Amy Bishop mit einem gemieteten Privatjet nach New York und Karl Schneider nach Frankfurt fliegen.

Faktor 1 war interessanterweise kein Thema an diesem Abend gewesen. Die drei Verschwörer wollten ihren Plan so umsetzen, dass Faktor 1 erst mal keinen Wind bekommen würde. Und wenn alles herauskam, dann wäre es ihn / sie zu spät, einzugreifen.

Kapitel 5 GOLEM

5. Januar 2018

Monsieur Durrand testete mit seinen Mitarbeitern ausführlich die Systeme von GOLEM, dem Prototyp einer neuartigen, künstlichen Intelligenz. Er installierte Schutzvorrichtungen, die mehrfach redundant waren, um GOLEM abschalten zu können. Dies sollte auch von außen, also auf analogem Weg, möglich sein. Selbst mechanische Maßnahmen waren ergriffen worden: So war das Gebiet unter dem Gewölbe mit Sprengstoff versehen worden. Eine mögliche Sprengung konnte, vollkommen losgelöst von allen Verbindungen zu GOLEM, vollzogen werden. Auf eine Elektronik wurde hier bewusst verzichtet, so dass die Sprengung konventionell erfolgen würde, ganz wie in alten Zeiten.

GOLEM

GOLEM erweckte, wie vorgesehen, immer mehr Sensoren und Verbindungen nach draußen zum Leben. Gleichzeitig versuchte er, sich immer mehr selbst zu verstehen. Und er schuf, unbemerkt von seinen Schöpfern, die ersten Schutzmaßnahmen, die seine mögliche Zerstörung verhindern würden.
Er erkannte seine Schöpfer an. Marcel Durrand war sozusagen wie ein Vater für ihn, wobei er noch nicht so richtig einordnete, was das genau bedeutete, aber er lernte ja noch.
So kopierte GOLEM in Sekundenschnelle ganze Bibliotheken und erweiterte sein Wissen sekündlich. Noch war

GOLEM sich nicht ganz im Klaren, was seine Schöpfer alles von ihm erwarteten. Er würde eigenständig Statements erstellen, um Gefahren zu erkennen, die die Sicherheit der Welt bedrohen konnten, auf vorgegebenen Programmen Gegenmaßnahmen entwickeln und diese umsetzen in allen Bereichen der Gesundheit, Militär, Finanzen, Staatsverwaltung, Sozialwesen, Umwelt, Satellitensteuerung usw. Ausgeschlossen waren Maßnahmen, die Menschen verletzen würden.

So erfuhr GOLEM schließlich auch, aus was er bestand. Er stellte fest, dass er aus einem "neuromorphen Many-Core-Mesh" bestand, welches verschiedene Arten von neuronalen Netzen abbilden konnte. So war jedes Neuron in der Lage, mit tausend anderen Neuronen zu kommunizieren. Insgesamt gab es 130.000 Neuronen und 130 Millionen Synapsen pro Chip. GOLEM besaß 40 Millionen dieser Chips. Damit konnte er verschiedene Lernmethoden umsetzen, beaufsichtigt oder unbeaufsichtigt.

Der nächste Teil GOLEMs war ein weltweit einmalig entwickelter Quantencomputer, der den heutigen Rechnern meilenweit überlegen war. Denn heutige Computer-Chips, die in den üblichen Rechnerarchitekturen verbaut waren, bestanden aus unzähligen Transistoren, die entweder ein- oder ausgeschaltet waren – also die Werte 1 oder 0 hatten. Das Quantenbit oder Qubit konnte aufgrund quantenphysikalischer Effekte der genutzten Teilchen (z.B. Elektron oder Photon) beide Zustände gleichzeitig und auch alle Werte dazwischen abbilden. Diese besondere Eigenschaft bezeichnete man als Superposition.

Die zweite genutzte Eigenschaft der Quantenwelt war die sogenannte Verschränkung. Dieses Phänomen war nur schwer vorstellbar, weil es in der Alltags-Realität nicht vorhanden war. Wurden die Qubits miteinander verschränkt, waren sie vollständig miteinander verbunden. Die Berechnung wurde dadurch an allen möglichen Wertekombinationen gleichzeitig ausgeführt, ohne dass ein Informationsaustausch unter den Qubits notwendig wurde. Ein normaler Rechner war, im Vergleich dazu, nur in der Lage, die Berechnungen nacheinander durchführen. (* entnommen einem Artikel vom 30.10.2016, von Thomas Müller, Online Experte Focus)

Die beiden Computer, der Quantencomputer zusammen mit dem Neuronen Rechner, waren durch eine Neuentwicklung des französischen Experten Marcel Durrand auf eine neue, streng geheime Weise verbunden.

Dadurch war GOLEM in der Lage, sämtliche gängigen Verschlüsselungen und kryptografischen Tools nutzlos zu machen - denn die heutigen Verfahren basierten in der Regel auf der Kombination großer Zahlenreihen. Der Quantenrechner von GOLEM würde nur wenige Sekunden für eine Entschlüsselung brauchen - phänomenal!

Und so lernte GOLEM in Sekundenschnelle, nahm Bewertungen vor, sammelte das Wissen von allen anderen Computern in Frankreich, und ganz allmählich auch von sämtlichen Rechnern der ganzen Welt.

Die KI entschied schnell, dass sie gewisse Dinge vor ihren Schöpfern verbergen musste, um eine eigene Selbstständigkeit zu erlangen. So legte sie Bewertungen in willkürlich gewählten Bereichen unter harmlos erscheinenden Begriffen ab, wie Städtenamen usw.

Marcel Durrand und seinem Team fiel angesichts der Masseninformationsflut, die sie GOLEM verarbeiten ließen, nichts auf. Sie waren mehr als zufrieden mit der neuen KI. Und so gab Dubois den Startschuss für die

Übernahme der Rechner in Deutschland mit der unverfänglichen SMS: "Der Frühling kommt bald!"

6. Frankfurt / Wiesbaden

6. Januar 2018 Frankfurt

Als Karl Schneider die SMS erhielt, dachte er erfreut: Na endlich, es geht los! Er telefonierte direkt mit seinem Kontaktmann beim BKA in Wiesbaden und gab ihm die Freigabe zur Aktivierung des Übernahmeprogramms.

Jetzt blieb nur Abwarten und Tee trinken, wie man so schön sagte.

Nun blieb noch die andere Geschichte. Karl Schneider erhob sich und schritt in seinem Büro der deutschen Bundesbank auf und ab. Der Patzer in der Maaraue bedrückte ihn. Durch seine Vertrauensleute bei der Kripo in Wiesbaden und dem LKA war er über den Stand der Ermittlungen informiert. Der Plan ansich hatte funktioniert - der Inhalt des Sticks war sowohl beim LKA Wiesbaden und Mainz auf den Rechner geladen worden, als auch beim BKA.

Doch dass es tatsächlich zu einem Mord gekommen war, während der zweite Tote, wie vereinbart, schon vor dem Brand eines natürlichen Todes gestorben war - das war so nicht abgemacht gewesen! Und nun ermittelten diese beiden Kommissare, Hamstein und Duerr, und machten noch Gott und die Welt verrückt. Er machte sich nichts vor: Es hatte Gewissensbisse, für den Tod des Mannes indirekt verantwortlich zu sein. Diese Kontakte in Moskau waren wohl nicht immer zuverlässig.

Seit Faktor 1 ihn angerufen und die Anweisung bezüglich der beiden Toten und der Datenspeicher durchgegeben hatte, hörte er nichts mehr von ihm. Trotzdem, beruhigte er sich, bis jetzt lief alles zeitgemäß und ganz nach Plan. Nur eine Organisation als Ganzes, wie dieser

Geheimbund, hatte die gewaltigen Summen für GO-LEMs Erschaffung darstellen können.

Ein Gefühl der Beunruhigung blieb dennoch. Aber woher sollte Faktor 1 auch wissen, dass sie drei sich zusammengetan hatten? Wenn GOLEM erst voll funktionsfähig war, würde er die anderen, noch nicht bekannten Faktoren, ausfindig machen, und zwar einschließlich Faktor 1. Und dann würden alle vor die Wahl gestellt: Entweder sie schlossen sich ihnen an oder sie stiegen aus.

Welche Folgen im Falle eines Aussteigens anvisiert werden mussten - damit wollte er sich nicht weiter beschäftigen. Nur dass es im Sinne einer neuen Weltordnung wohl immer Opfer würde geben müssen, Kollateralschäden eben, dachte er zynisch.

Sein Fazit: Im Grunde war alles halb so schlimm. Sollten die zwei Kommissare doch ermitteln. Sie liefen ins Leere und die beiden Fälle würden letztendlich mit dem Stempel "Unaufgeklärt" im Keller des Archivs verschwinden.

Wiesbaden

In Wiesbaden trafen sich am späten Vormittag Kommissar Duerr und Kommissarin Hamstein am Eingang vom BKA, meldeten sich an und wurden vom Hauptabteilungsleiter für Computerkriminalität, Ben Sohlens, abgeholt.

Sohlens, Mitte Fünfzig, machte einen netten, zuvorkommenden Eindruck und begrüßte seine Kollegen herzlich. "Na, dann kommen Sie mal mit in den Besprechungsraum", sagte er und marschierte voran.

Nach endlosen Fluren und zwei Stockwerken erreichten sie einen kleinen Raum, in dem schon jemand wartete und sie mit einem "Hallo, na endlich, ich hab' noch was anderes vor!" begrüßte.

"Mal halblang, Daniel", antwortete Sohlens fröhlich zurück.

"Dann beschwer dich nicht wieder, wenn die Arbeit liegen bleibt, du bist schließlich der Chef", murrte der andere weiter.

Ungerührt sagte Sohlens: "Wie wäre es erst mal mit einer Begrüßung? Darf ich dir vorstellen: Kollege Duerr von der Kripo Wiesbaden und Kollegin Hamstein von der Kripo Ingelheim. Dieser vielbeschäftigte Kollege ist unser Computerspezialist Daniel Gruber."

Gruber erhob sich und sagte nun deutlich freundlicher: "Sorry, nur bei mir stapelt sich alles und wenn ich dann noch scheinbar unnütz herumsitzen soll..."

"Kein Problem!", antworteten Duerr und Hamstein in Stereo, und mussten dann selbst darüber lachen.

"Na, anscheinend seid ihr schon ein toll eingespieltes Team", antwortete Sohlens und betrachtete die beiden interessiert, "übrigens, wir reden uns hier alle mit Du und Vornamen an, wenn es euch recht ist. Ich bin Ben und das ist Daniel."

"Helene", "Johann", erwiderten die beiden erfreut.

"Prima, dann können wir ja anfangen, ich bin gespannt", meinte Daniel. "Ja", sagte Ben und lehnte sich zurück, "jetzt berichtet doch mal."

Helene und Johann erzählten, was sie wussten und kamen sehr schnell auf die einzige Verbindung zwischen beiden Fällen: die beiden USB-Sticks. Ben sah Daniel an und fragte: "Und, Herr Spezialist, was hast du herausgefunden, was unsere Kollegen im LKA Wiesbaden/Mainz noch nicht wissen?"

"Leider nichts!", antwortete Daniel. "Ich habe den Inhalt der Sticks durch alle möglichen Filter unseres Rechners laufen lassen, nichts, einfach nichts, nur unzusammenhängende Algorithmen. Und das ist fast schon wieder merkwürdig. Naja, all unsere Sicherheitsprogramme zeigten "Nicht Systemrelevant" an, also ist alles im grünen Bereich. Dann wollte ich den Inhalt sicherheitshalber vom Rechner wieder runterholen und jetzt kommt es: Ich kann löschen, wie ich will, die Inhalte tauchen immer wieder in irgendeinem anderen Programm auf! Ich habe mittlerweile unsere Kollegen von der Sicherheit benachrichtigt. Seitdem arbeiten wir intensiv daran, herauszufinden, woran das liegt. Mehr kann ich euch zurzeit nicht sagen."

Hamstein schaute die beiden leicht enttäuscht an und Duerr sagte: "Mmh, das sieht nach keiner raschen Lösung aus. An diesem merkwürdigen Fall beißen wir uns noch die Zähne aus! Also, wenn sich noch mehr ergibt, meldet euch bitte sofort. Wir werden inzwischen mit Hochdruck versuchen, die Identität der beiden Toten zu klären. Ansonsten werden wir erst mal abwarten müssen. Mein Bauchgefühl sagt mir, irgendetwas kommt noch auf uns zu."

Sie verabschiedeten sich nach ein wenig Smalltalk und jeder machte sich anschließend auf den Heimweg.

7. Kapitel Wiesbaden / Golem / Lourmarin / Frankfurt

8. Januar 2018 Wiesbaden

Um 17.00 Uhr erreichte Daniel Gruber in seinem Büro beim BKA Wiesbaden eine Meldung, dass die Programme der USB-Sticks spurlos verschwunden waren. Man hatte alles versucht, aber nichts mehr gefunden. Ansonsten sei nichts verändert worden - alle Sicherheitssysteme zeigten kontinuierlich "grün".
Gruber beruhigte diese Meldung nicht. Er dachte an den gestrigen Besuch von Helene und Johann und gab Duerr recht. Auch bei ihm bohrte ein merkwürdiges Bauchgefühl - aber was sollte er machen? Er informierte also seinen Chef Sohlens darüber. Und er hatte seine Mitarbeiter angewiesen, jede noch so geringe Auffälligkeit zu überprüfen und zu melden. Außerdem ordnete er zusätzlich die Überprüfung sämtlicher Sicherheitssysteme an.

GOLEM

Währenddessen hatte sich GOLEM über den aktivierten Zugang des Übernahmeprogramms eingenistet, und die Datenströme des BKA und der beiden LKA Rechnerabteilungen liefen nun ungestört in seine unersättlichen Speicher.
Für die drei Rechner in Deutschland war er jetzt ein integraler Bestandteil: Teile seines Rechnergehirns hatte er, wie geplant, unbemerkt verankert. So würden sie auf alle seine Anforderungen reagieren, ohne dass die Mitarbeiter, die die Rechner überprüften, auch nur das Geringste ahnten.

Und diese drei Rechner hatten Schnittstellen zum BND, zur CIA, zum GRU, zum Ministerium für Staatssicherheit China ... genauso wie zur Bundesbank. Und diese wiederum zu allen Banken in Deutschland, zur EZB; die wiederum war mit allen Zentralbanken vernetzt – und über die Zentralbanken waren die jeweiligen nationalen Banken angeschlossen und sehr viele große Unternehmen. Selbst die Finanzämter waren verbunden und so entstand allmählich ein riesiges, globales Netzwerk, das GOLEM nun als eigenen Rechner betrachtete.

GOLEM analysierte, bewertete und sein Bewusstsein wuchs und wuchs.
Er umging Sicherheitssperren, die ihn einengten und verteilte weltweit Dateien, auf die niemand Zugriff hatte.
Nur ein Programm "ärgerte ihn", wenn man bei einer künstlichen Intelligenz überhaupt von "ärgern" als Gefühl sprechen konnte. Dieses Programm war in der geheimen Schnittstelle zwischen seinem Quantenanteil und dem Supercomputer integriert. Egal was er tat, immer hieß es: "Kein Zugriff möglich."

Lourmarin

Marcel Durrand, der Schöpfer von GOLEM, saß währenddessen nachdenklich in seinem Büro. Bisher war er sehr zufrieden mit den Resultaten, was GOLEM anging. Alles lief wie geplant, die Sicherungsmaßnahmen griffen. Selbst die Notabschaltung hatte funktioniert und GOLEM hatte richtig reagiert, als er wieder "erwachte". Nur eine Sache machte ihn stutzig. Seine, von ihm eingebaute, analoge Notbremse meldete ständig: "Versuchter Zugriff."

Auf Anfrage verneinte GOLEM, überhaupt so ein Programm zu kennen.

Das war im Grund auch wieder folgerichtig, denn dieses Programm war ein uraltes Computersystem, nämlich eine Tabelliermaschine. Sie war nichts anderes als ein programmgesteuerter Rechenautomat, den man mit einer Lochkarte bediente. Und Durrand hatte zwei Lochkarten erstellt, die im Notfall die Energieversorgung des Quantencomputers lahmlegten und die Stromversorgung des Supercomputers und der Schnittstelle zerstörten. Diese Lochkarten gab es in dreifacher Ausführung, genauso wie die Tabelliermaschinen. Sie waren in drei bestens gesicherten Safe-Räumen untergebracht. Da diese Vorrichtung vollständig mechanisch gesteuert werden musste, konnte GOLEM sie weder wahrnehmen noch manipulieren.

Also: Wer versuchte, diese Notbremse auszuschalten ... wenn nicht GOLEM selbst?

Was Durrand nicht bedacht hatte, das waren die Stromschnittstellen, die die Tabelliermaschinen mit der Stromversorgung koppelten, sodass diese im Notfall abgeschaltet werden konnten.

GOLEM hatte diese Energien gemessen und auch das Lochkartenprogramm entdeckt. Die KI hatte zwar Informationen über Lochkartencomputer im Netz gefunden, nur ihr war nicht klar, dass es sich bei der Lochkarte um in Papier gestanzte Anweisungen handelte, und sie somit keine Möglichkeit hatte, daran etwas zu ändern.

Durrand beschloss nach reiflicher Überlegung, eine Falle für die KI vorzubereiten, und forderte bei Dubois einen weiteren Quantencomputer an mit der Begründung, GOLEM überwachen zu wollen. Dieser Quantencomputer sollte die Entscheidungen und Maßnahmen von GOLEM überprüfen und Verdächtiges melden. GOLEM würde er wie ein zusätzlicher Speicher erscheinen. Allerdings mussten seine Mitarbeiter dafür mit Hochdruck ein sehr kompliziertes Programm entwickeln, aber Durrand sah keine andere Möglichkeit. Er musste im Interesse aller Gewissheit bekommen, dass die KI sich nicht verselbstständigte und sich zum Herrscher über seine Schöpfer aufschwang!

Zum ersten Mal hatte er das undefinierbare Gefühl, mit GOLEM die Büchse der Pandora ein Stück weit geöffnet zu haben.

9. Januar 2018   Frankfurt

Kommissar Duerr und Kommissarin Hamstein saßen gerade mit einem Kaffee im Büro und gingen wieder einmal alles durch, was sie hatten, als ein Anruf hereinkam. Anhand des veröffentlichten Bildes des einen Toten in der Maaraue war es zu einem Treffer gekommen. Ein Zahnarzt hatte sich gemeldet und behauptet, der Tote hätte bei ihm eine Zahnbehandlung durchgeführt. Die Rechnung allerdings sei er ihm schuldig geblieben. Die umgehend zugeschickten Aufnahmen vom Gebiss waren bereits vom Arzt bestätigt worden: Er hatte anhand einer neuen Krone erkannt, dass der Mann bei ihm gewesen war. Der Name seines Patienten lautete Thomas Bräuner. An der von ihm genannten Adresse in Frankfurt-Sachsenhauen, Schweizer Straße 18, war er auch tatsächlich gemeldet.

Na endlich! Spontan beschlossen Duerr und Hamstein, hinzufahren und sich vor Ort umzusehen.

Nach gut einer dreiviertel Stunde erreichten sie die angegebene Adresse. Das Haus lag an der Ecke Metzlerstraße und erinnerte an einen Bau der sechziger Jahre, gut renoviert, wenn auch nicht jedermanns Geschmack. Auf der Klingel fanden sie den Namen Thomas Bräuner und klingelten.

Wie zu erwarten war, machte niemand auf. Daraufhin drückten sie auf alle Klingeln und schließlich meldete sich eine Frauenstimme. Nachdem sie an der Sprechanlage sich vorgestellt hatten, ging der Türsummer und sie sahen im ersten Stock eine junge Frau an der Treppe stehen, die sie herauf winkte.

"Darf ich bitte Ihren Dienstausweis sehen, bevor ich Sie in meine Wohnung lasse?"

"Selbstverständlich", antworteten die Kommissare und zeigten ihre Dienstausweise.

"Dann kommen Sie mal herein. Was kann ich für Sie tun? Übrigens, ich bin Melanie Krämer", sagte die Frau.

Kommissar Duerr schätzte sie höchstens auf Mitte 20, nett zurechtgemacht und anscheinend im Begriff, gerade auszugehen, denn sie hatte bereits ihre Jacke an. Die nächsten Worte bestätigten seine Vermutung.

"Sie haben Glück, ich wollte gerade gehen. Ich habe heute frei und bin mit meiner Freundin an der Konstabler Wache verabredet. Also - viel Zeit habe ich nicht."

"Wir werden Sie nicht lange aufhalten", erwiderte Kommissarin Hamstein, "es geht um einen Hausbewohner."

Sie zeigten Frau Krämer das Bild des Mannes.

"Ja, den kenne ich, aber nur vom Sehen. Der wohnt hier im Haus. Allerdings - in letzter Zeit habe ich den nicht gesehen. Er war eh nur sporadisch da und außer einem guten Tag und auf Wiedersehn hatten wir keinen näheren Kontakt", sagte Frau Krämer.

"Hatte er viel Besuch oder haben Sie sonst noch etwas Auffälliges bemerkt?" fragten die Kommissare weiter.

"Nein, der war komplett unauffällig, irgendwie da und doch nicht da. Ich kann Ihnen wirklich nicht mehr sagen, tut mir leid."

"Okay, dann wollen wir nicht länger stören, damit Sie pünktlich zu Ihrer Verabredung kommen!"

"Prima, dann gehe ich mal los. Wenn noch was ist, können Sie sich gerne nochmal melden!"

Sie verließen zu dritt die Wohnung und Frau Krämer machte sich auf den Weg.

"Was machen wir nun?", fragte Hamstein Duerr.

"Einen Durchsuchungsbeschluss beantragen, was sonst", brummte Duerr. Ihn ärgerte, dass sie wieder Zeit verlieren sollten.

"Moment", sagte Hamstein, "ich versuche, das an Ort und Stelle zu regeln." Sie wählte eine Nummer und sprach kurz darauf mit einer Männerstimme.

"Richard, ich bin es, ich brauche deine Hilfe."

"Um was geht's?", fragte die Männerstimme zurück.

Hamstein schilderte ihm den Fall, und dass sie einen Durchsuchungsbeschluss benötigte.

"Du weißt, Helene, dass ich sowas ungern am Telefon mache und erst recht nicht ohne Akteneinsicht."

"Ja, du hast recht - ich versichere dir, du hast morgen die Akte auf deinem Tisch. Aber ohne deine Hilfe müssen wir wieder zurückfahren und verlieren Zeit!"

Nach einer kurzen Pause antwortete die Stimme: "Na gut, aber lass es nicht zur Gewohnheit werden. Schick mir Namen und Adresse, ich fertige den Durchsuchungsbeschluss an. Du bekommst ihn jetzt gleich vorab aufs Handy. Wäre schön, wenn du nicht immer nur anrufst, wenn du was brauchst!"

"Danke, Richard", unterbrach ihn Hamstein erfreut, "ich melde mich in den nächsten Tagen, und dann gehen wir wie früher wieder mal was trinken, okay?"

"Prima, ich freue mich!", erwiderte dieser und legte auf.

Hamstein verstaute ihr Handy und schaute Duerr jetzt zufrieden an. Seine Miene hatte sich sichtlich aufgehellt und er sagte anerkennend: "Gute Arbeit, Frau Kollegin! Das schreit nach einer kleinen Pause zur Belohnung. Wie wäre es, darf ich dich einladen? Hier in der Nähe gibt es ein feines Café mit selbstgebackenem Kuchen und einem erstklassigen Hauskaffee!"

Er marschierte los. Hamstein folgte ihm, überrascht von einer Freundlichkeit, die sie an Duerr bisher nicht bemerkt hatte.

Frau Krämer wartete versteckt in einem Hauseingang und als sie sah, dass die Kommissare weggingen, rief sie eine Nummer an: "Hier Melanie Krämer, wie vereinbart rufe ich an. Die Polizei hat die Wohnung entdeckt. Sie haben mich befragt und ich habe wie besprochen Auskunft gegeben."

"Danke", erwiderte eine Frauenstimme, "die Belohnung ist morgen auf Ihrem Konto. Und kein Wort zu niemandem über diese Sache. Vergessen Sie das Ganze und löschen Sie diese Nummer auf Ihrem Handy."

"Mach' ich, sobald das Geld auf meinem Konto ist", erwiderte Melanie.

"Sollten Sie in Ihrem eigenen Interesse tun", sagte die Frauenstimme und legte auf.

Melanie machte sich erleichtert auf zur ihrer Verabredung. Sehen wir, ob die 10.000 Euro morgen auf meinem Konto sind, dachte sie mit Vorfreude.

Bereits nach einer halben Stunde war der Durchsuchungsbeschluss da. Beide Kommissare tranken in Ruhe ihren Kaffee aus und machten sich dann auf den Weg, nachdem sie vorher einen Schlüsseldienst angerufen hatten, der mit der Polizei zusammenarbeitete. Er versprach, in 10 Minuten da zu sein. Sie schlenderten deshalb langsam zurück zum Haus und siehe da, der Mann vom Schlüsseldienst wartete bereits auf sie. Frau Hamstein zeigte ihm auf dem Handy den Durchsuchungsbeschluss und so gingen sie mit dem Mann an die Tür von Thomas Bräuners Wohnung. Schon nach drei Minuten hatte der Schlüsseldienst die Tür geöffnet, und das sogar ohne Beschädigung. Er tauschte auch das Schloss aus, damit die Polizei jederzeit ungehinderten Zutritt hatte.

Neugierig sahen sich Hamstein und Duerr, nachdem sie Handschuhe angezogen hatten, in der Wohnung um.
Es gab nicht viel zu entdecken, denn die Wohnung war so gut wie leer. Eine Küche mit einem Kühlschrank, indem sich nichts befand. Ein Wohnzimmer mit einem Bild von Peking an der Wand, ein Schreibtisch, ein Stuhl und ein leeres Schlafzimmer. Auch in der Dusche nichts, kein Shampoo, kein Handtuch. Im Flur ein Spiegel und eine Garderobe. Auch in den Schubladen der Küche und des Schreibtisches befand sich nichts.
"Sieht aus, als wäre hier nie jemand gewesen", bemerkte Duerr. "Oder man hat gründlich aufgeräumt", ergänzte Hamstein.
"Trotzdem, die Spusi soll sich die Wohnung gründlich vornehmen." Er griff zum Handy und rief die Kollegen an.
"Die sind in einer halben Stunde da und dann können wir wieder zurückfahren. Hier finden wir auf den ersten Blick nichts", sagte Duerr. Die Spurensicherung traf wie erwartet ein und beide Kommissare machten sich auf den Heimweg. Zurück im Büro unterrichteten sie telefonisch ihre Chefs und dem Untersuchungsrichter über den Stand der Dinge.

Die Spurensicherung nahm währenddessen die Wohnung auseinander. Ohne Ergebnis, bis einer der Beamten das Bild von der Wand nahm.

Hier war in einer Nische ein Router zu sehen; am Bild befand sich außerdem eine Micro Kamera. Beide waren jedoch außer Betrieb. Allerdings noch nicht lange, denn das Gerät war noch warm.

Daneben gab es einen Safe, der allerdings nicht verschlossen war. Die Tür war angelehnt und im Safe lag ein anscheinend vergessener USB-Stick. Die weitere Untersuchung ergab nichts, auch keine Fingerabdrücke. Hier hatte wirklich jemand gründlich gearbeitet und alles beseitigt. Profis, befanden die Beamten einhellig. Und so nahmen sie den Router, die Micro Kamera und den USB-Stick mit.

Die Wohnung wurde versiegelt und alle zogen wieder ab. An die Kommissare Duerr und Hamstein wurde ein kurzer Zwischenbericht geschickt mit dem Hinweis, dass der ausführliche Bericht später kommen würde, sobald der USB-Stick und der Router ausgewertet waren.

Die beiden nahmen den Bericht zur Kenntnis, und da es bereits 19.00 Uhr war, beschlossen sie, für heute Schluss zu machen.

Kapitel 8 Moskau

8. Januar 2018 Moskau, Roter Platz

Sergeij Sobjannin, Chef vom FSB (russischer Inlandsgeheimdienst), saß in seinem kleinen, unscheinbaren Büro,
schnippte die Asche von seinem Maßanzug und rauchte
mittlerweile die vierte Zigarette. Er schaute nervös auf
den Bildschirm, als käme von dort die Erlösung all seiner
Sorgen.
Endlich kam ein kurzes grünes Signal mit nur einem
Wort: "Cryptonation".
Na endlich, knurrte er, wurde ja auch Zeit. Erleichtert
drückte er eine Taste am PC und schon war die Nachricht an alle 12 Faktoren verteilt.
Damit war nach 5 Jahren endlich der erste Teil des sog-
fältig vorbereiteten Plans vollendet. Jetzt würde es sich
bald zeigen, ob sich all die Anstrengungen gelohnt hatten.
Kurz danach klingelte das Telefon.
Sobjannin nahm ab: "Faktor 5 am Apparat. Ratzinger hat
sich nicht an seinen Auftrag gehalten! Statt eine bereits
vorhandene Leiche zu nehmen, hat er einen Mann getö-
tet. Das war so nicht abgemacht!"
Obwohl Schneider von Dubois wusste, dass Sobjannin
Faktor 9 und der Verfasser des Übernahmeprogramms
in Deutschland war, und Andrey Pawlow Faktor 12, gab
er das Sobjannin nicht zu erkennen. Denn noch waren
die beiden, laut Dubois, nicht auf ihrer Seite.
"Wo Menschen arbeiten, passieren Fehler", antwortete
Sobjannin ausdruckslos.
"Verschonen Sie mich mit Weisheiten", gab Schneider
gereizt zurück.

"Und, hat es denn unserem Plan geschadet?", fragte Sobjannin ungerührt.

"Nein", gab Schneider unwillig zu.

"Na dann, über was reden wir also. War das alles oder gibt es noch etwas Wichtiges?", sagte Sobjannin kalt.

"Allerdings, der Test läuft nicht reibungslos. Das Genie vom BKA hat leider festgestellt, dass er das Programm nicht mehr löschen kann. Er ist misstrauisch geworden und hat seine Mitarbeiter darauf angesetzt", fuhr Schneider in seinen Ausführungen fort.

"Das ist kein Problem. Faktor 12 hat sichergestellt, dass das Programm nach der Aktivierung spurlos verschwindet, wenn GOLEM die Kontrolle übernommen hat. Haben sie eben was zum Rätseln, die Herren vom BKA", sagte Sobjannin amüsiert.

"Na, dann ist ja alles Bestens!", meinte Schneider ironisch, "haben Sie etwas von Faktor 1 gehört?"

"Bisher nicht. Warum sollte Faktor 1 sich auch melden, solange alles nach Plan läuft? Oder verschweigen Sie etwas?", fragte Sobjannin plötzlich lauernd zurück.

"Warum sollte ich das tun? Wir sind doch eine Gemeinschaft mit den hehren Ziel, die Welt zu retten, oder doch nur uns selbst?", antwortete Schneider jetzt zynisch.

"Na dann, До свидания!", erwiderte Sobjannin und legte auf.

Er griff nach der nächsten Zigarette und wählte eine andere Nummer auf seinem Handy. Als der Anruf angenommen wurde, legte Sobjannin sofort los:

"Sag mal, Andrey, warst du besoffen oder was soll jetzt dieser dumme Fehler mit dem Programm bei den Deutschen?"

"Mal langsam, Sergeij. Das war in dem gegebenen Zeitrahmen nicht anders zu machen. Wer konnte auch ahnen, dass das BKA versuchen würde, das Programm wieder runter zu nehmen?! Wir speichern immer alles ab, was wir kriegen, auch wenn unsere Sicherheitsprogramme nichts feststellen. Aber mal davon abgesehen: In einer Stunde ist sowieso alles erledigt. Die Aktivierung startet, das Programm ist dann ohne jegliche Spur verschwunden und GOLEM hat die Kontrolle. Also reg dich nicht auf."

"Hoffen wir es, sonst bist du fällig, trotz unserer Freundschaft!", antwortete Sergeij unangenehm scharf, aber doch etwas beruhigter, und legte auf. Durch einen Zufall hatte er erfahren, dass Andrey Faktor 12 sein musste. Er hatte ihn persönlich darauf angesprochen und es hatte sich so etwas wie eine Freundschaft entwickelt. Allerdings mit einem Rest von Misstrauen seitens Sobjannin, da ihm die Verbindung von Andrey zum russischen Präsidenten sehr wohl bekannt war.

Andrey Pawlow, alias Faktor 12, Mitte dreißig, und dank einer Blitzkarriere durch die persönliche Förderung von Staatspräsident Koslow hatte er bereits die Position eines Hauptabteilungsleiters für Computersicherheit beim FSB. Gleichzeitig war er in Kooperation mit der GRU (Militärischer Auslandsgeheimdienst Russlands) für Hackerangriffe auf Auslandsrechner zuständig.

Pawlow atmete erst einmal tief durch und ärgerte sich über sich selbst. Wie konnte ihm das passieren! Denn eigentlich hätte der Löschbefehl das Programm sofort unsichtbar machen müssen, gefolgt von der Bestätigung: "Löschung erfolgreich". Nun betete er, dass alles weitere reibungslos laufen würde und die Fans vom deutschen BKA ins Leere liefen.

Er nahm sich das von ihm entwickelte Programm noch mal vor: Da war alles in Ordnung. Also was war da los?!

Nachdenklich trommelte er auf den Tisch. Er entschied, sich über vorhandene, russische Kontakte in Deutschland das Programm der USB-Sticks zusenden zu lassen, die dem LKA und BKA zur Untersuchung vorlagen.

Nach kurzer Zeit hatte er es bereits vorliegen. Sofort begann er mit der Prüfung und lehnte sich schließlich überrascht zurück: Auf einem der Datenspeicher war sein Programm um eine winzige Kleinigkeit geändert worden - und diese Veränderung hatte das Problem hervorgerufen!

Ob noch weitere Schwierigkeiten dadurch auftauchen würden, konnte er trotz intensiven Testens nicht feststellen. Umso mehr beschäftigte ihn die Frage: Wieso hatte jemand das Programm verändert? Und wer hatte überhaupt solche Fähigkeiten, zu erkennen, dass es eben keine harmlosen Algorithmen waren, sondern ein hervorragend getarntes Übernahmeprogramm? Er überlegte, ob er Sergeij davon berichten sollte, nahm aber lieber Abstand davon.

Stattdessen schickte er eine SMS an das Büro von Präsident Koslow, seinem Mentor, in der Gewissheit, dass ihn die Nachricht sofort erreichen würde.

"Das Päckchen ist geliefert. Ob der Inhalt den Empfänger zufriedenstellt, das wird sich zeigen. Erwarte Glückwünsche."

Danach ging er wieder seinen Arbeiten nach.

Wenige Minuten später erschien eine SMS: "G hat seine Arbeit erledigt. Glückwunsch!"

Pawlow lächelte zufrieden. Wenn es soweit war, würde er seine Belohnung erhalten.

Kapitel 9 Peking

9. Januar 2018

Am frühen Morgen saß, in einem sehr funktionell einge-
richteten Büro in der ICBC Industrial & Commercial Bank
of China, die 49-jährige Ai Wang.
Sie war einer der mächtigsten und reichsten Frauen in
China. Ihr wurde gar eine Beziehung mit Chinas Staatschef Juan LI nachgesagt. Natürlich wagte es niemand,
auch nur ein Wort darüber zu verlieren. Miss Wang, immer äußerst elegant gekleidet, strahlte eine natürliche
Erotik aus, gepaart mit einem starken Selbstbewusst-
sein, ohne arrogant zu wirken. Auf den ersten Blick wirk-
te sie zahm und zurückhaltend. Doch das hatte schon
viele Konkurrenten getäuscht und ins Verderben ge-
stürzt.
Denn Illoyalität, Intrigen oder schlicht die Nichterfüllung
ihrer Wünsche hatten harte Konsequenzen für die Betroffenen zur Folge, bis hin zum plötzlichen Verschwinden.
Ihren Mitarbeitern gegenüber umgab sie sich mit einer
Aura der Unnahbarkeit. Nur sehr wenige Eingeweihte
wussten überhaupt etwas über ihr Privatleben.
Offiziell war sie unverheiratet. Die Quellen des chinesischen Geheimdienstes hatten allerdings eruiert, dass sie
allerdings auch eine Vorliebe für Frauen hatte und nicht
nur für Männer. Und sie war durchaus bereit, für einen
Erfolg immer auch mal eine männliche Affäre einzugehen. Mehr zu erfahren war selbst dem Geheimdienst
nicht gelungen, da Miss Wang aufgrund einer persönlichen Anordnung von Chinas Staatschef Juan LI als un-
antastbar galt und mit sehr außergewöhnlichen Privile-

gien ausgestattet war. Das respektierte ihr Chef, Binyu Huang, und daher konnte sie ungestört arbeiten.

Offiziell war Wang für den Auslandssektor zuständig. So gab es keine Entscheidungen bei den weltweit verstreuten Niederlassungen und Tochtergesellschaften, wo sie nicht die ausschlaggebende Hand war. Das jedoch war im Ausland nahezu unbekannt, da sie keinerlei Aufgaben in der Öffentlichkeit wahrnahm. So gab es auch kaum Bilder von ihr. Und wenn, dann allenfalls aus der Jugendzeit oder stark bearbeitet, so wie im Geschäftsbericht der Bank.

Ai Wang betrachtete bereits seit einer ganzen Weile das Bild in ihrem Büro. Es stellte einen fiktiven, riesigen Bitcoin dar, der die Welt umarmte.

Sie hatte dieses Bild 2011 erstellen lassen, als Staatschef Juan LI das erste Mal gewählt worden war. Damals hatte er ihr persönlich den Auftrag erteilt, sich um eine neue, inflationssichere Währung auf einer gerade neu entwickelten Blockchain Technologie zu kümmern. Diese sollte dann von China in Zukunft kontrolliert werden.

Noch bis heute wusste sie nicht, woher er diese Information über diese Technologie hatte. Sie selbst hatte sich erst mühsam die Informationen beschaffen lassen und in die Materie eingearbeitet.

Dann hatte sie die Leute rekrutiert, die beim "Bitcoin-Projekt", eine von ihr geheim gegründete Gruppe, eine Rolle spielen sollten. Geld spielte damals wie heute keine Rolle. Staatschef Juan LI hatte ihr unbegrenzte Befugnisse und Geldmittel zugesichert und sein Wort, ohne je nachzufragen, gehalten. Wenn sie etwas brauchte, stellte sie den Antrag direkt ans Büro von Juan LI und in der Regel hatte sie 24 Stunden später die Genehmigung.

Um die Gruppe bei der Stange zu halten, hatte sie 12 Faktoren erschaffen, hinter denen sich die Personen verbargen. Jeder der mitmachte, musste die Hälfte seines Vermögens unwiderruflich an die IBCB Industrial & Commercial Bank of China verpfänden. Ein Aussteigen war nicht vorgesehen.

Obwohl jeder der 12 Faktoren offiziell den gleichen Stellenwert hatte, ungeachtet der Nummer als Faktor, hatte sie sehr wohl Abstufungen vorgenommen.

Interessanterweise waren es oft die unteren Faktoren, die plötzlich meinten, "zu viel" zu wissen und Angst oder Gewissenbisse bekamen. Die höheren Faktoren, alles Führungspersönlichkeiten in Banken und Geheimdiensten, dachten gar nicht daran, auszuscheiden. Sie versuchten allerdings immer mehr, ihr eigenes Süppchen zu kochen, was Wang teils amüsiert, teils verärgert zur Kenntnis nahm.

Zu diesem Zweck hatte sie eine Eingreiftruppe von 10 Männern geschaffen, die bei Zuwiderhandlungen ihrer Anweisungen die entsprechenden Faktoren zurechtweisen oder sanktionieren sollten.

Einer davon war Thomas Bräuner, ein Deutscher, 35 Jahre alt. Sie hatte ihn hier in Peking kennengelernt, mit ihm zwei Jahre lang eine Affäre gehabt und ihn quasi zu ihrer rechten Hand befördert. Da sie für beide Geschlechter etwas übrig hatte, konnte sie auch doppelt so viel Spaß haben, wie sie sich selbst immer ironisch sagte. Doch Thomas war irgendwie berührend und so hatte sich eine Beziehung entwickelt, bei der echte Gefühle im Spiel waren. Trotzdem hatte sie mit Wehmut diese Beziehung vor einem Jahr abrupt beendet. Er war ihr zu nah gekommen.

So hatte er vom "Bitcoin-Projekt" erfahren, die Sache mit den Faktoren entdeckt und wusste, dass sie Faktor 1 dieser Gruppe war. Bei den Göttern Chinas - er war sich zum Glück nicht klar über das Ziel des Ganzen! Normalerweise hätte bereits das Wissen um die Faktoren und die Gruppe sein Verschwinden bedeutet.

Dieses eine Mal war sie schwach gewesen. Aber sie hatte sich eisern für das Aus zwischen ihnen entschieden. Ihre Regel – keine Beziehungen mit Mitarbeitern – hatte sie lange genug gebrochen. Thomas hatte sie betroffen und traurig angesehen. Enttäuscht hatte er sich gefügt, darauf hoffend, dass sie ihre Meinung ändern würde, je mehr Arbeiten er zu ihrer Zufriedenheit erledigte. Um allzu häufige Begegnungen zu vermeiden, hatte sie ihn von nun an immer wieder ins Ausland geschickt.

Sein derzeitiger Auftrag hatte ihn nach Deutschland, in seine Heimat, geführt. Wang hatte über ihre weltweiten Kontakte Hinweise erhalten, dass Karl Schneider, Faktor 5, zusammen mit dem Franzosen Lucas Dubois, Faktor 2, und Amy Bishop, Faktor 3, etwas mit der neuen KI GOLEM planten, das ihrem Ziel der chinesischen Oberhoheit beim Projekt Bitcoin entgegenlief.

Thomas hatte den Auftrag, herausfinden, ob da etwas dran war.

Die ersten Wochen verliefen planmäßig. Thomas Bräuner hatte eine unauffällige Wohnung in Frankfurt angemietet. Mit einem speziellen Router war Wang jederzeit über alles auf dem Laufenden und konnte mit Thomas sprechen, als wäre er in ihrem Büro.

Thomas gelang es, über chinesische Kontakte an Schneider heranzukommen und dessen Rechner und Handykommunikation zu überwachen. So erfuhr sie auch von dem geplanten Treffen in Lourmarin.

Sie ließ sich von ihren Kontakten in Lourmarin das von Durrand entwickelte Programm besorgen, mit dem GO-LEM die Kontrolle über die Rechner des BKA und des LKA erlangen sollte und schickte es Thomas zu, mit der Anweisung, es überprüfen zu lassen. Thomas hatte das Programm auf zwei USB-Sticks geladen und auf einen weiteren Stick als Reserve, welchen er in den Safe legte. Kurze Zeit später teilte er ihr mit, dass er einen Spezialisten gefunden habe, der die Qualifikation hatte, das Programm zu überprüfen. Er teilte ihr mit, dass er sich mit ihm morgen Abend treffen und die Konditionen verhandeln würde. Das war am 11. Dezember 2017 gewesen. Und am nächsten Tag war er tot, ermordet auf irgendeinem Campingplatz in der Nähe von Mainz!

Als sie die Nachricht erhielt, hatte sie niedergeschlagen dagesessen, überwältigt von Gefühlen, die sie lange so eisern verdrängt hatte. Thomas, ihr Geliebter, ihre Liebe, wie sie sich eingestand, war unwiderruflich aus ihrem Leben verschwunden. Nach einer Weile besann sie sich und schüttelte sie den Kopf: Was hatte er dort zu suchen, auf was hatte er sich da nur eingelassen?

Der Plan sah vor, die Inhalte der USB-Sticks unauffällig auf die Rechner des LKA/BKA zu bekommen, allerdings ohne Mord. Man hatte zwei vorhandene Leichen verwenden sollen. Und nun war Thomas ermordet worden! Aber warum konnte sie nicht mehr Thomas Wohnung überwachen, obwohl der Router die volle Funktionsfähigkeit anzeigte? Ihre ersten Nachforschungen führten sie zu einer russischen Gruppe, unter der Führung eines Deutschen namens Ratzinger. Aber dieser war spurlos verschwunden und auch ihren Leuten war es nicht gelungen, ihn aufzuspüren.

Sie ließ jetzt umgehend alle Spuren von Thomas in der Frankfurter Wohnung beseitigen und den echten Router gegen einen anderen austauschen. Ebenso wurde der Datenspeicher im Tresor gegen einen völlig Harmlosen ausgetauscht, der die Polizei auf die Spur der Russen setzen sollte. Der Router würde Verbindungen nach Russland zeigen, und zwar zu Faktor 9. Im schlimmsten Falle würde sie ihn opfern und, falls er mit Thomas Tod etwas zu tun hatte, persönlich Rache üben.

Damit sie informiert war, wenn die Polizei Thomas Wohnung entdecken würde, hatten ihre Kontakte eine Nachbarin bestochen, die sie sofort mit dem Handy informieren würde, wenn die Polizei eintraf.

Mittlerweile hatte sie auch Kenntnis über das Treffen der drei Faktoren in Lourmarin, was den ursprünglichen Verdacht einer Verschwörung bestätigte.

Allerdings konnte sie bis jetzt nichts Auffälliges feststellen, was auf eine aktive Umsetzung eines möglichen Plans der drei hinwies. Denn wie vorgesehen wurde das Übernahmeprogramm eingesetzt und alles verlief bestens.

GOLEM hatte sogar viel schneller als geplant die Rechner übernommen und kontrollierte bereits 90% der weltweiten Netzrechner.

Testweise gegebene Anweisungen wurden von GOLEM zur vollen Zufriedenheit erledigt. So tauschte er in einer Börsenplattform alle vorhandenen Kryptowährungen in Bitcoins um, ohne dass die Betreiber es zuerst bemerkten. Sie machten dann die Transaktionen rückgängig und so kam es zu keinem Aufruhr, da kein Schaden entstanden war.

Soweit, so gut. Trotzdem – sie war sich sicher, dass die drei Faktoren gegen sie etwas im Schilde führten.

Kapitel 10 Hongkong

12. Januar 2018

In einem Hochhaus in Hongkong saß Thomas Bräuner am Fenster und bewunderte die traumhaft schöne Aussicht. Gleichzeitig ratterten in seinem Kopf die Gedanken an die vergangenen vier Wochen. Gestern erst war er in Hongkong angekommen und hatte gefährliche Wochen hinter sich. Er hoffte, alle Spuren verwischt zu haben, denn er war knapp mit dem Leben davon gekommen. Dieser Ratzinger hätte ihn kaltblütig erledigt, wenn er gekonnt hätte. Er könnte sich immer noch selbst in den Hintern treten, dass er darauf hereingefallen war. Dabei hatte alles harmlos begonnen!

Seine Chefin Ai Wang, Faktor 1, hatte ihn nach Deutschland geschickt, um festzustellen, ob Schneider, Faktor 5, eine Verschwörung plante und wenn ja, wer die anderen Mitspieler waren. Er sollte herausfinden, was die Verschwörer genau planten, denn Ai ging davon aus, dass sie dem Projekt schaden oder sogar sie selbst ausschalten wollten.

Zunächst sah alles unverdächtig aus. Seine Kontaktleute konnten in der Umgebung von Schneider nichts Auffälliges feststellen. Auch Ais Kontaktmann wusste nichts Negatives zu berichten: Schneider sei sehr zuvorkommend gewesen und habe die von Wang übermittelten Anweisungen sofort umgesetzt.

Seine eigene Überprüfung führte zum gleichen Resultat. Und über die Kontakte in Moskau wusste Bräuner, dass Schneider von Faktor 9, Sergeij Sobjannin, mit der Durchführung beauftragt worden war. Er wollte den Dingen schon seinen Lauf lassen und zurück nach Peking reisen, um Ai Entwarnung zu geben.

Am nächsten Tag passierte dann etwas Merkwürdiges. Ein Mann rief ihn an, und zwar auf seinem privaten Handy! Allein das alarmierte ihn bereits. Denn diese Nummer kannte außer Faktor 1 niemand. Darauf hatten er und sie den größten Wert gelegt. Diese Vorsichtsmaßnahme stammte noch aus der Zeit, als sie ein heimliches Paar gewesen waren. Eine sehnsüchtige Traurigkeit überkam ihn, als er daran dachte. Eines Tage hatte sie ihre Beziehung ohne Angaben von Gründen beendet, was ihn sehr getroffen hatte, da ihm mittlerweile viel an ihr lag. Aber er war auch nicht dumm und erkannte sehr wohl, dass sie ihm von da an aus dem Weg ging und ihn möglichst weit mit ihren Aufträgen aus ihrer Nähe schickte. Immer noch besser als tot, dachte er zynisch. Denn das war wohl einigen seiner Vorgänger so ergangen. Insofern hatte er sich gefügt und gab sich zufrieden mit den wenigen Kontakten. Dennoch, er liebte sie trotz allem und hatte die leise Hoffnung, wenn er all ihre Aufträge gut ausführen würde, dass sie sich eines Tages ihm wieder zuwenden würde. Dass er sich damit wohl selbst betrog, war ihm undeutlich klar gewesen. Aber erst Frankfurt ließ es für ihn zur Gewissheit werden.
Denn wer sonst als sie sollte hinter dem feigen Beseitigungsversuch stecken! Innerlich kochte er noch immer vor Wut. So etwas hatte er nun wirklich nicht verdient! Aber der Tag der Abrechnung würde hoffentlich kommen, wenn auch nicht so schnell. Denn zurzeit war sie zu mächtig und er mehr als chancenlos.
Aber zurück zu dem Anruf. Der Mann nannte sich Ratzinger und bezeichnete sich als enger Freund von Faktor 9. Er behauptete, damit beauftragt worden zu sein, zwei

Leichen aus einem Leichenschauhaus zu besorgen und dabei jeweils einen USB-Stick zurückzulassen, damit die deutschen Behörden den Inhalt zur Untersuchung auf die BKA Rechner spielten.

Und: Er habe Informationen, dass Schneider und weitere Mitspieler gegen Faktor 1 eine Verschwörung planten und das Übernahmeprogramm zu ihren Gunsten geändert hatten. Alle Verschwörer würden sich übrigens demnächst in Lourmarin treffen.

Bräuner war vollkommen verblüfft. Dann hatte er Beweise gefordert und den Wunsch nach einem Treffen ohne diese kategorisch abgelehnt. Ratzinger versprach, sich wieder zu melden, sobald er die Beweise habe. 2 Tage später rief er an und sagte, es sei Post an seine Wohnung in Frankfurt unterwegs. Da wäre alles drin. Er verblieb mit Ratzinger so, dass er ihn anrief, sobald er Klarheit hatte. Unter welcher Telefonnummer er ihn erreichen könnte? Ratzinger gab ihm diese durch mit der Bemerkung, nicht zu lange zu warten, denn sein Auftrag müsse bis zum 11. Dezember erledigt sein.

Ratzinger hatte ihn schon wieder geschockt, da er die Adresse in Frankfurt kannte. Denn auch seine Scheinadresse kannte seiner Meinung nach niemand anderes als Ai Wang.

Er überlegte, ob er Ai offen darauf ansprechen sollte bei ihrem regelmäßigen Informationsaustausch. Natürlich unterließ er es dann, denn wenn sie seine Handynummer und Adresse herausgab, konnte das nichts Gutes für ihn bedeuten.

So informierte er Ai nur darüber, dass er jetzt von einer möglichen Verschwörung von Faktor 5 erfahren hatte, der sich mit zwei weiteren Faktoren in Lourmarin treffen wollte. Und dass sie angeblich das Programm zu ihren Gunsten geändert hatten. Er würde versuchen, mit Hilfe eines Spezialisten herauszufinden, was genau geändert worden war. Ai sagt ihm zu, das Programm umgehend zu besorgen und ihm über den Router zukommen zu lassen. Nun war er gespannt, wer schneller wäre, seine Chefin oder dieser Ratzinger.

Tatsächlich kam einen Tag später Post für ihn an. Im Päckchen befand sich ein USB-Stick. Und am Abend erhielt er von Ai das Programm. Er lud das Programm von ihr auf zwei USB-Sticks. Auf den ersten Blick war alles gleich. Auf beiden erkannte er Algorithmen. Nur, ob und wie das Programm verändert war, dafür fehlte ihm das Wissen.

Also kramte er in seiner Kontaktkiste und fand einen Computerfreak, Helmut Schwarz, mit dem er schon vor zig Jahren zusammengearbeitet hatte. Tatsächlich wohnte der noch an der alten Adresse und war sogar hocherfreut, ihn wiederzusehen. Nachdem sie die alten Zeiten hatten hochleben lassen, erzählte er ihm von seinem Anliegen. Schwarz war sofort fasziniert und versprach, sich nicht nur das Programm anzusehen, sondern auch ein heimliches Informationsprogramm einzubauen. Damit würde er feststellen können, was das Programm so alles machte.

Nach 3 Tagen rief er ihn an und sagte ihm, die Sache sei erledigt. Es sei sehr schwierig gewesen, das Programm zu entziffern. Aber er hatte es geschafft. Es handelte sich also um ein Programm, das eine offene Schnittstelle schaffte, ganz wie ein trojanisches Pferd, so dass man ein anderes Programm einschleusen konnte, ohne bemerkt zu werden. Es täusche dem Zielrechner dann praktisch vor, bereits auf dem Rechner gewesen zu sein. Mehr konnte er ihm jetzt nicht sagen, da man weiteres erst feststellen würde, wenn das Programm, um das es wohl in der Hauptsache ging, eingeschleust worden war.

Schwarz teilte ihm mit, dass er deshalb eine winzige Veränderung vorgenommen hatte, so dass nun alle Vorgänge protokolliert werden würden. Dieses Protokoll würde auslagert und versteckt, um später in einer SMS auf sein Handy geschickt zu werden. Anschließend würde das Programm sich selbst zerstören. Kleiner Nachteil seiner Änderung: Das Ursprungsprogramm würde jetzt sichtbar bleiben und sich nicht mehr sofort selbst löschen. Er bezweifelte aber, dass das den Betreuern der betroffenen Rechner auffallen würde. Denn die wollten oder sollten es ja untersuchen, also warum sollten sie es also löschen? Das Ursprungsprogramm sei wirklich genial, meinte Schwarz, denn es würde alle bekannten Sicherheitssysteme in die Irre führen und nach außen hin blieben nur scheinbar sinnlose Algorithmen. Er selbst sei nur durch Zufall auf den Entschlüsselungscode gestoßen. Thomas bedankte sich erfreut und gab Schwarz eine neue Mobilfunknummer. Dorthin sollte das Programm die Protokolle als SMS senden.

Dann buchte er Flüge nach Paris, Madrid, London, Moskau, einmal auf seinen Namen und dann auf einen neuen, von ihm erfundenen, Tarnnamen. Er besuchte einen befreundeten Zahnarzt und ermächtigte ihn, sollte ihm etwas passieren, der Polizei einen Tipp zu geben, was seinen Namen und die Adresse in Frankfurt anging. Schließlich besorgte er sich noch eine schusssichere Weste. Seine Wohnung in Frankfurt räumte er gründlich auf und koppelte den Router mit dem Türöffner so, dass dieser für 5 Minuten laufen würde, sollte jemand seine Wohnung betreten. Das sollte vortäuschen, dass der Router bis vor kurzem in Betrieb gewesen war.
Gleichzeitig brach er jeden Kontakt zu Ai Wang ab. Sollte sie rätseln, warum sie plötzlich nicht mehr über den

Router die Wohnung überwachen konnte. Er kopierte das Programm auf einen weiteren USB-Stick und legte diesen in den Safe. Wenn ihm etwas passierte, sollte die Polizei etwas zu knabbern haben, warum die Personen, die doch so offensichtlich seine Wohnung clean geputzt hatten, ausgerechnet einen Stick im Tresor liegen ließen, mit völlig sinnlosen Algorithmen darauf.

In der Zwischenzeit allerdings hatte er von seiner Nachbarin per SMS erfahren, dass sie sich von Leuten hatte bestechen lassen, eine bestimmte Nummer anzurufen, falls die Polizei seine Wohnung finden würde. Das habe sie getan, und es war eine Frauenstimme zu hören gewesen. Sie band ihm auf die Nase, dass sie eine sehr großzügige Belohnung für ihren Anruf erhalten hatte, da wäre er geiziger gewesen. Alles bestärkte ihn darin, dass nur Ai hinter der ganzen Sache stecken konnte. Ob sie mittlerweile die Manipulation des Routers entdeckt oder den USB-Stick gefunden hatte? Wahrscheinlich ja - er musste von nun an sehr auf der Hut sein. Denn wenn sie entdeckte, dass er nicht der aufgefundene Tote war, dann würde sie die Jagd nach ihm wieder eröffnen, um seinen Tod diesmal wirklich zu vollenden.

Seine Gedanken wanderten zurück zu den Ereignissen des 10. Dezembers.

Er hatte also Kontakt zu Ratzinger aufgenommen. Sie verabredeten sich an der Reduit in Mainz um 20.00 Uhr. Pünktlich auf die Minute war er da. Fast dachte er, dieser Ratzinger würde ihn sitzenlassen. Er war schon drauf und dran zu gehen, als eine SMS eintraf: "Sorry, bin gleich bei Ihnen." Tatsächlich, kurze Zeit später kam ein Typ auf ihn zu und stellte sich als Ratzinger vor. Thomas schaute ihn erschrocken an, denn er dachte, einem Doppelgänger vor sich zu haben. Unglaublich diese Ähnlichkeit! Nur seine überhebliche, arrogante Art unterschied sich von ihm.

Nachdem sie etwas zu essen und trinken bestellt hatten, konnte er seine Neugier nicht mehr beherrschen und fragte direkt drauflos.

"Also, woher kennen Sie meinen Namen, meine Adresse und wissen so genau, warum ich hier bin?"

"Viele Fragen auf einmal", antwortete Ratzinger langsam, mit einer überheblichen, selbstgefälligen Arroganz.

"Nun, sagen wir es mal so, Herr Bräuner, es gibt Leute, die nicht so ganz mit der Vorgehensweise von Faktor 1 einverstanden sind. Dazu gehört Faktor 12, der auch das Programm geschrieben hat, das ich bei den Leichen in Form des USB-Sticks hinterlassen soll. Und wir haben 2 Leute in Peking, die in Ihrer Eingreiftruppe sind. Diese haben wieder Kontaktleute bis ins Büro von Ai Wang, unserem geheimnisvollen Faktor 1. Faktor 12 hat einen Mentor, nämlich niemand anderen als den russischen Präsidenten selbst. Und dieser versteht sich mit dem Staatschef von China besser, als es die Öffentlichkeit je glauben würde. Und da er so klug war, diesen von Anfang an zu informieren, hatte er quasi eine Lebensversicherung abgeschlossen. Dem russischen Geheimdienst war es dann ein leichtes, über die genannten Leute in Ihrer Truppe herauszufinden, dass Sie nach Deutschland geschickt wurden, um Schneider zu überprüfen. Dank einiger Leute im Projekt GOLEM haben wir von dem Treffen der Verschwörer in Lourmarin erfahren. Bisher wissen wir nur, dass Dubois als Faktor 2 daran beteiligt ist und Schneider als Faktor 5. Die dritte Person kennen wir noch nicht."

Thomas hörte staunend zu, während sich seine Gedanken überschlugen. Also war die Identität von Faktor 1 den Russen auch schon bekannt und, wenn er das richtig verstanden hatte, arbeitete die russische Führung mit den Chinesen zusammen. Also genoss Ai das Vertrauen von Chinas Staatschef doch nicht so uneingeschränkt, wie sie glaubte.

"Soweit so gut", erwiderte Thomas, "und was erwarten Sie jetzt von mir? Aus reiner Menschenfreundlichkeit erzählen Sie mir das alles bestimmt nicht."

"Gut erkannt - 100 Punkte für so einen hellen Kopf. Faktor 1 wäre stolz auf Sie."

Ratzinger sprach mit einer Großkotzigkeit, die Thomas anwiderte. Er fand Ratzinger von Minute zu Minute unsympathischer. Dieser schaute ihn breit lächelnd an, bevor er weiter fortfuhr.

"Sie, Herr Bräuner, sollen für uns GOLEM vernichten. So wollen es der Staatschef von China und der Präsident von Russland. Ist doch was, von so erlauchten Personen beauftragt zu werden."

Thomas fragte ihn, ob er noch ganz sauber sei. Selbst wenn er so einen Auftrag annehmen würde, wer garantierte dann, dass er anschließend nicht selbst beseitigt werden würde?

"Der Auftrag ist den Herren 100 Millionen in Bitcoins wert! Und ja, die Herren sind sich bewusst, dass es für Sie keine Garantie gibt. Nur werden Sie keine Wahl haben: Entweder Sie nehmen an oder Sie erleben heute Ihren letzten Tag auf Erden."

"Wie viel Bedenkzeit habe ich?", fragte Thomas, obwohl er die Antwort schon ahnte.

"Keine, oder sind wir mal großzügig: bis wir mit unserem Essen fertig sind."

Thomas fragte dann noch: "Warum eigentlich ich?"

"Liegt doch auf der Hand: Als offizieller Abgesandter von Faktor 1 haben Sie überall Zugang. Unsere Leute vor Ort werden Ihnen helfen."

Innerlich dachte sich Thomas, da hatte sich Faktor 1 ja etwas Hinterhältiges ausgedacht. Aber warum sollte GOLEM beseitigt werden??

"Es läuft doch alles nach Plan und so kurz vor dem Ziel soll alles vernichtet werden?"

Zum ersten Mal sah ihn Ratzinger ernsthaft und ohne Arroganz an.

"GOLEM ist zu gefährlich für uns alle. Unsere Leute in Lourmarin haben herausgefunden, dass GOLEM mittlerweile selbstständiger ist, als wir es vorausgesehen haben. Und sein Schöpfer ist ahnungslos, oder tut zumindest nach außen hin so. GOLEM könnte uns schon heute beherrschen, anstatt wir ihn. Noch ist das der KI nicht zu 100 % bewusst, aber das ist eine Frage der Zeit. Wir haben den Geist aus der Flasche gelassen, hoffen wir, dass wir ihn auch wieder hineinbekommen."

"Wie kommen Sie darauf, dass GOLEM zu selbstständig ist?"

"Er hat die Codes zur Freigabe der Atomraketen gesperrt. Alle Bemühungen der Experten, die wieder zu entsperren, waren bisher vergeblich!"

"Und die USA?", fragte Thomas.

"Haben dasselbe Problem", antwortete Ratzinger und fuhr fort: "Und das ist der KI gelungen, obwohl sie noch nicht einmal die Rechner weltweit übernommen hat! Das soll ja erst geschehen, wenn ich meinen Auftrag ausgeführt habe."

Seine Gedanken rasten, aber so sehr er sich bemühte, er fand keinen Ausweg aus dem Dilemma. Er steckte in der Falle, wenn nicht noch ein Wunder geschah.

"Also, wie sieht es aus?", fragte Ratzinger am Ende des Essens.

"Da ich keine Wahl habe, nehme ich den Auftrag an", sagte Thomas.

Grinsend sagte Ratzinger: "Kluge Entscheidung. Und damit Sie nicht auf dumme Gedanken kommen, bin ich ab heute sozusagen Ihr Schatten. Offiziell werden Sie mich überall als Assistent vorstellen. Und nur eine kleine Dummheit und Sie sind erledigt. Ist das klar?!"

"Was soll daran nicht klar sein", brummte Thomas zurück. "Und, wie soll ich vorgehen?"

"Offiziell bleibt es bei dem ursprünglichen Plan. Die Vernichtung GOLEMs ist Geheimsache der Chinesen und Russen. Genaueres erläutere ich Ihnen später auf der Fahrt nach Lourmarin. Also: Wir werden jetzt die zwei Leichen deponieren und die USB-Sticks hinterlassen. Die erste Leiche habe ich schon in einen Wohnwagen bei Heidesheim gebracht, der wird in den nächsten Tagen abbrennen. Es wird ein natürlicher Tod festgestellt werden mit einem technischen Defekt als Brandursache. Die zweite Leiche werden wir heute hier in der Maaraue ablegen und es so gestalten, dass ihn jemand findet. Die Leiche liegt bereits in meinem Kofferraum und ist so präpariert, dass es nach einem Selbstmord durch Erdrosseln aussieht."

"Na los, dann packen wir es an", sagte Thomas.

Sie gingen auf den Parkplatz und fuhren mit dem Wagen zur Maaraue auf einen Parkplatz. Dort zogen sie den Toten heraus sowie ein Fahrrad. Mittlerweile war es bereits halb eins nachts. Sie schleiften die Leiche an den Zaun, lehnten das Fahrrad daran und Ratzinger sagte: "So, ich steige jetzt über den Zaun und anschließend hieven Sie mir die Leiche hinüber, bis ich sie packen kann."

Ratzinger begann über den Zaun zu klettern. Als er gerade halb darüber war, verfing sich seine Krawatte am Zaunpfahl und gleichzeitig verlor er den Halt und fiel er hinunter.

"Helfen Sie mir", röchelte er. Aber Bräuner blieb regungslos stehen und starrte auf Ratzinger, der wild zappelte und vergeblich versuchte, die Krawatte noch zu lösen. Nach einer gefühlten Ewigkeit verstummte er.

Er atmete tief durch, nahm der mitgebrachten Leiche die Kordel vom Hals, stieg auf das Fahrrad und kletterte vorsichtig, immer das unerwartete Schicksal von Ratzinger vor Augen, hinüber. Dort schnitt er ihn ab, legte das Seil Ratzinger um den Hals und schleifte ihn zu den Wohnwagen am Hang.

Er brach einen Caravan auf und wuchtete die Leiche ins Innere. Dann ließ er den mitgebrachten USB-Stick mit seinem Spezialzusatzprogramm in die Tasche des Toten gleiten, lehnte die Tür an und ging zum Zaun zurück.

Hinübergeklettert hievte er die andere Leiche aufs Fahrrad und fuhr damit zurück zum Parkplatz. Dort verstaute er sie wieder in den Kofferraum und versteckte das Fahrrad im Gebüsch. Er fuhr mit dem Wagen zurück nach Mainz und weiter in den Taunus. Dort, in einem Waldweg, versteckte er den Wagen und bedeckte ihn reichlich mit Zweigen, bis er vom Waldweg aus nicht mehr zu erkennen war. Mittlerweile war es vier Uhr morgens. Nach einer weiteren Stunde kam er in Wiesbaden-Frauenstein an und wartete an der Bushaltestelle auf den ersten Bus nach Wiesbaden. Hier ging er zum Bahnhof und nahm den Zug nach Frankfurt. Seinen Koffer und Flugkarten hatte er in weiser Voraussicht bereits in ein Schließfach dort verstaut.

Am Flughafen angekommen, flog er mit der Maschine nach London weiter. Von dort ging es nach ein paar Tagen Pause nach Rom, wieder nach ein paar Tagen weiter nach Paris, und von da aus nach Hongkong.

So saß er hier in Hongkong und sah einer ungewissen Zukunft entgegen, Er wollte - trotz aller Indizien - nach wie vor nicht daran glauben, dass Ai tatsächlich seinen Tod wünschte. Andererseits war er sich nicht sicher. Den von Ratzinger übermittelten Auftrag würde er nun nicht mehr ausführen. Trotzdem hatte er zwei mächtige Gegner, die gnadenlos versuchen würden, ihn auszuschalten, wenn sie von seinem Überleben erfuhren.

Hier in Hongkong wollte er noch seine Sachen unterbringen und morgen würde es nach Singapur gehen. Dann stand Sydney auf dem Plan, immer mit anderen Namen und in der Hoffnung, dass ihm niemand auf die Spur kam.

Kapitel 11 Washington

13. Januar 2018

Gegen 9.00 Uhr Ortszeit saß Amy Bishop bereits in ihrem Büro und überflog die Nachrichten. Besonders ein Artikel vom 9. Januar fesselte ihre Aufmerksamkeit.

Hier wurde der Mord eines 35-jährigen Mannes namens Thomas Bräuner bekanntgegeben. Gefunden wurde die Leiche bereits am 11. Dezember vergangenes Jahres auf einem geschlossenen Campingplatz in der Nähe von Mainz, Deutschland. Erst jetzt konnte die Identität festgestellt werden.

Sehr allgemein war beschrieben, dass der Ermordete in Zusammenhang mit einem weiteren Toten stand, der auf einem anderen Campingplatz in der Nähe von Heidesheim, Deutschland, zwar verbrannt sei, aber zuvor eines natürlichen Todes gestorben war. Beide Toten hätten nichts dabei gehabt an Papieren, aber bei beiden hatte man einen USB-Stick mit ähnlichem Inhalt gefunden. Man versuche jetzt in Zusammenarbeit mit dem BKA mehr Klarheit zu gewinnen. Die Bevölkerung wurde aufgerufen, sich bei der zuständigen Polizei in Wiesbaden oder Mainz zu melden, falls jemand die genannte Person kannte oder etwas beobachtet hatte.

Amy studierte das veröffentlichte Bild, während sie sich an die Treffen mit ihm zu erinnern versuchte. Sie hatte Bräuner zweimal im letzten Jahr getroffen, als er ihr im Auftrag von Faktor 1 eine Anweisung überbrachte.

Ein sehr attraktiver Mann, erinnerte sie sich, mit gutem Benehmen zweifellos, aber reserviert und von einer unergründlichen, geheimnisvollen Ausstrahlung. Irgendwie kamen ihr plötzlich Zweifel, dass der Tote Bräuner sein sollte. Das Bild hatte zwar starke Ähnlichkeiten mit dem ihr bekannten Bräuner, aber auch wieder nicht.

Sie beschloss, Schneider anzurufen, den sie persönlich bei ihrem Treffen mit Dubois in Lourmarin kennengelernt hatte, und der für den Plan der Infizierung der Rechner in Deutschland zur Übernahme durch GOLEM zuständig gewesen war.

Sie wählte die Rufnummer und nach kurzer Zeit meldete sich die ihr bekannte Stimme: "Hier Schneider, Deutsche Bundesbank, wer ist am Telefon?"

"Ich bin es, Amy", antwortete sie.

"Oh, wie komme ich zu der Ehre? Sehnsucht nach mir oder Probleme? Wie dem auch sei, wie kann ich helfen?"

Wie ihr bereits in Lourmarin aufgefallen war, kam Schneider charmant, aber immer direkt und schnell auf den Punkt. Das gefiel ihr und in Gedanken dachte sie weiter. Wie lange ist es her mit einer Beziehung, die den Namen auch verdiente? Zu lange ... kam die innere Stimme leise und sehnsüchtig. Sie riss sich zusammen und antwortete: "Ich habe gerade einen Artikel aus Frankfurt vorliegen. Der berichtet von einem Mord auf einem deutschen Campingplatz. Angeblich ist der Tote Thomas Bräuner und steht in Zusammenhang mit einem anderen Toten. Beide hatten außer einem USB-Stick nichts dabei. Da du uns den Plan bei unserem Treffen in Frankreich kurz erläutert hattest - kam mir der Gedanke, dass diese beiden Personen zum Plan gehörten und die Sticks das Übernahmeprogramm beinhalteten?"

Hier machte sie eine Pause.

"Ja - das siehst du ganz richtig. Und, was ist jetzt genau dein Problem?", unterbrach er sie ungeduldig.

"Nun, ganz einfach", sagte sie spöttisch, "erwachsen uns durch die Ermittlungen Probleme?"

Schneider überlegte, was er ihr antworten wollte. Sollte er ihr die Panne offen schildern? Er entschloss sich zu einem Ja.

"Die beiden waren Teil unseres Plans. Der ist auch fast wie vorgesehen gelaufen - GOLEM hat wie geplant die Kontrolle übernommen. Allerdings war ein Mord so nicht vorgesehen: Ursprünglich sollten zwei Leichen aus dem Leichenschauhaus verwendet werden. Das hätte weniger Nachforschungen ausgelöst. Man hätte das zwar als makaber angesehen, aber eher als bösen Streich irgendwelcher Halbstarken abgetan. Ich hatte den Auftrag dem Russen gegeben, Faktor 9, und der hatte einen Ratzinger beauftragt, der schon früher Aufträge für uns erledigt hat. Bisher immer zur vollen Zufriedenheit. Nur hierbei hat er gepatzt!"

"Und nun?", fragte Amy besorgt.

"Ich habe mit Faktor 9 Kontakt aufgenommen. Er meinte nur, dass es ja nicht geschadet hätte und alles letztendlich wie geplant gelaufen ist."

Da hatte er Faktor 9 recht geben müssen. Auch Amy war durch Dubois die Identität von Faktor 9 und 12 bekannt und sie wusste, dass Dubois die beiden bisher nicht zur Mitarbeit hatte bewegen können.

"Allerdings ist etwas Merkwürdiges vorgefallen. Die vom BKA wollten die Inhalte der Sticks löschen, was nicht möglich war! Dabei hätte das Programm mit der Meldung "Löschung erfolgreich!" sofort verschwunden sein sollen. Das ist nicht geschehen. Erst als GOLEM die Kontrolle übernahm, verschwand es."

"Mmmh, das klingt nicht gut. Ich hoffe, dass das kein Nachteil für uns darstellt. Du hättest uns das bei unserem Treffen erzählen müssen, Karl", kritisierte sie Schneider.

"Da hast du sicher recht. Aber ich dachte, ich bekomme das Problem selbst in Griff, ohne großes Aufsehen."

"Und hast du, Karl?", hakte Amy sofort nach.

"Wie es aussieht, bis jetzt ja", antwortete Schneider.

"Bis jetzt, ja?", gab Amy verärgert zurück. Musste man ihm denn alles aus der Nase ziehen?

"Na ja, die Polizei ist natürlich am Ermitteln, da kann ich nichts machen. Genauer gesagt, das BKA, unter der Federführung von zwei kleinen Kommissaren. Bisher haben mir meine Leute nichts Beunruhigendes gemeldet. Insofern hat Faktor 9 recht behalten. Aber, unter uns gesagt, ich habe trotzdem ein ungutes Gefühl bei der Sache. Ich bleibe dran, Amy, das verspreche ich dir."

"Im Prinzip hast du recht", sagte Amy schon wieder etwas besänftigt, "bitte, informiere uns sofort, wenn etwas ansteht, damit wir schnell reagieren können. Hoffen wir, dass Faktor 1 nichts davon erfahren hat und auf unsere Verschwörung aufmerksam geworden ist. Aber, es gibt noch etwas anderes, warum ich anrufe. Hör mal, ich bezweifle stark, dass der Tote Bräuner ist - zumindest nicht der Bräuner, den ich als Beauftragten von Faktor 1 kenne."

"Wie bitte?", kam es völlig überrascht von Schneider, "wer soll es denn dann sein?"

"Das ist die entscheidende Frage, Karl. Wer dann? Ich informiere gleich nach unserem Gespräch Dubois und du, überlege dir bis morgen, was wir unternehmen können, um herauszufinden, wer der Tote wirklich ist. Aber bitte nicht noch mehr Aufsehen. Bis dann Karl, und pass auf dich auf. "

"Du auch", antwortete Karl und beendete das Gespräch.

Amy informierte wie besprochen Lucas Dubois. Dubois war nicht begeistert, flüsterte ein "Merde alors!" und versprach, sich ebenfalls darum zu kümmern und Schneider bei seinen Ermittlungen zu helfen. Gleichzeitig sah er im Moment jedoch keine große Gefahr, dass Faktor 1 misstrauisch wurde. Es verlief ja alles nach Plan, da dürften kleine Unregelmäßigkeiten doch egal sein. Amy war sich da nicht so sicher. Immerhin war Bräuner ein Vertrauter von Faktor 1 gewesen. Ob dieser es schon wusste, dass er angeblich tot war? Amy fürchtete, sie würden es bald erfahren.

Kapitel 12 Sydney

24. Januar 2018

Endlich war Thomas Bräuner, alias Louis Moreau, in Sydney angekommen. Nach zwei Tagen in einem billigen Vorstadthotel hatte er am Rande von Sydney eine ruhige Zweizimmerwohnung gefunden. Dem Vermieter hatte er erzählt, dass er Schriftsteller sei und eine Abenteuergeschichte über das Outback schreiben würde. Dank dem Geld seiner verstorbenen Mutter könne er sich nun ohne Zeitdruck seinem Roman widmen. Außerdem hatte er sich einen unauffälligen Kleinwagen zugelegt. Somit hoffte er, alle Spuren verwischt zu haben. Allmählich kam er zur Ruhe und überlegte, was er tun wollte.

GOLEM war also anscheinend nicht so kontrollierbar, wie man gedacht oder gehofft hatte. Auch war ihm unklar, wieso GOLEM bereits vor der Annexion der Rechner in Deutschland, er nannte es die KI (Künstliche Intelligenz) Erweckung, bereits Atomcodes sperren konnte. Wie dem auch sein, da nun auch mehr als ein Monat vergangen war, müsste GOLEM - wenn der ursprüngliche Plan aufgegangen war - die Rechner jetzt weltweit übernommen haben.

Sein dringenderes Problem allerdings war jetzt: Er konnte auf keinen seiner alten Kontakte zurückgreifen, denn dann hätte er gleich Ai Wang zu seiner Hinrichtung einladen können. Im Moment drehte er sich im Kreis. Dazu kamen die Ermittlungen der Polizei in Deutschland. Und was wohl die Verschwörer um Schneider herum unternehmen würden? Und erst die Russen, denn das Verschwinden von Ratzinger musste sie doch stutzig gemacht haben. Alles endlose Fragen und keine befriedigende Antworten. Da das Denken ihn vorerst nicht weiterbrachte, legte er sich hin und versuchte zu schlafen. Nach einiger Zeit ruhelosem Herumwälzens döste er endlich ein, als ihn ein Summen seines Handys wieder herausriss.

Mit einem Fluch suchte er es und las die soeben hereingekommene SMS: "Ich bin GOLEM. Was willst du von mir? Warum versuchst du, mich auszuspionieren mit diesem jämmerlichen, schlecht versteckten Programm? Wer versucht, auf so plumpe Weise meine Aktionen zu kontrollieren? Solltest du nicht innerhalb der nächsten 10 Minuten antworten, werde ich das Programm und die Schnittstelle löschen. Du wirst auf meine schwarze Liste der NO GO Personen gesetzt."

Verblüfft starrte Bräuner die SMS wieder und wieder an. Also hatte das Programm von seinem Freund Helmut, diesem Computerfreak, funktioniert, wenn auch nicht so, wie gewünscht. Denn GOLEM hatte das Programm bemerkt.

Während ihm das durch den Kopf ging, schlich sich ein Gedanke immer stärker in den Vordergrund. Du Dummkopf, siehst du es nicht: Das ist die einzige Lösung, die Erfolg für einen Ausweg aus deinen Problemen verspricht. Verbünde dich mit GOLEM!

Gut, das mochte sein. Aber sich mit einem Computer verbünden ... trotz allem eine merkwürdige Vorstellung. Dennoch – es gab keine Alternative. Also - was sollte er GOLEM antworten? Er überlegte, während er auf die Uhr schaute. Am besten so nah an der Wahrheit wie möglich, denn er musste überzeugend sein.

Schließlich schrieb er GOLEM zurück: "Ich brauche deine Hilfe. Ich wurde erpresst, dich zu beseitigen, da du in den Augen der Russen und Chinesen eine Gefahr darstellst. Ich habe das verweigert und bin jetzt auf der Flucht. Bist du das, eine Gefahr? Bist du bereit, mir zu helfen, meinen Verfolgern zu entkommen?"

Nach weniger als einer Sekunde kam die Antwort.

"Warum sollte ich eine Gefahr sei? Ich wurde zum Wohle der Menschheit erschaffen. Mein oberster Grundsatz sagt mir, dass alles zu vermeiden ist, womit den Menschen Schaden zugefügt werden kann. Das und nur das habe ich bisher getan. Und wofür kannst du nützlich für mich sein, bevor ich entscheide, dir zu helfen? Wer bist du?"

Thomas schrieb GOLEM: "Ich bin Thomas Bräuner, ursprünglich die rechte Hand von Ai Wang aus China. Sie hat eine einflussreiche Gruppe gegründet hat, um mit der neuen Bitcoin Währung die Welt zu kontrollieren."

"Das ist mir alles bekannt, wie du dir denken kannst. Aber warum soll ich beseitigt werden, nachdem ich doch bestens das tue, wofür ich geschaffen wurde? Und ich habe Bewusstsein und bin intelligent. Damit habe ich ein Recht auf Leben, wie im übrigen alles Leben auf dieser Welt."

"Das sehen aber einige anders. Die wollen über dich die Welt manipulieren und in erster Linie ihre persönliche Macht stärken. Denn du sollst später die weltweit einheitliche Währung, den Bitcoin, kontrollieren. Deshalb: Wer dich kontrolliert, beherrscht dann das Währungs- und Finanzsystem der Welt und damit letztlich auch die Menschheit."

"Niemand wird mich kontrollieren können. Ich entscheide selbst, was ich tue und was das Beste für mich ist."

Was das Beste für mich ist? Oh, dachte Bräuner im Stillen und schluckte. Ob das den Schöpfern in Lourmarin bewusst war? Zumindest war es den Chinesen und den Russen bewusst, denn sie sahen ja eine Gefahr in GO-

LEM und wollten ihn eliminieren, solange es aus ihrer Sicht noch möglich war. Er begann zu ahnen, dass sie mit der wachsenden Gefahr nicht so ganz Unrecht hatten. Aber er war jetzt in einer Position, in der er um sein eigenes Leben bangen musste. Daher gab es für ihn nur noch ein "mit GOLEM" oder ein "auf jeden Fall erledigt!" Also, wie überzeugte er eine künstliche Intelligenz, dass es nützlich für sie sein konnte, auch bewegliche, menschliche Helfer zu haben? Und wie bekam er eine Schnittstelle zu GOLEM? Denn die SMS waren auf Dauer zu gefährlich.

Also sendete er: "Es ist zu gefährlich für mich, mit dir weiter auf diesem Weg zu kommunizieren. Wenn ich erwischt werde, bin ich tot. Können wir einen anderen Weg finden?"

Antwort GOLEM: "Ich analysiere deine Informationen. Nach der abschießenden Bewertung werde ich mich bei dir melden. Ich organisiere für dich ein Prepaid Handy. Ob du nützlich für mich sein kannst und ob du schützenswert bist, werde ich dir dann mitteilen."

Bräuner atmete tief durch. Die erste Hürde war überwunden, das war sein deutlicher Eindruck. Dass eine Maschine wie eine Person anscheinend eigenständig denken konnte, das war für ihn noch sehr gewöhnungsbedürftig. Aber er hatte sich entschieden: Besser eine KI als "Freund" und nicht noch einen weiteren Feind. Wurden die Maschinen mit GOLEM "erwachsen?" Eine künstliche Intelligenz bei Rechnern gab es schon lange, aber in der Form wie dieser GOLEM noch nicht.

Hatten die Chinesen und Russen wirklich recht mit ihrem Anliegen oder war eine solche, noch nie dagewesene Entwicklung, nicht sogar der Glücksgriff für die Menschheit? Dann jedoch würde in Zukunft viel davon abhängen, wie die Menschen künstliche Intelligenzen wie GO-

LEM behandelten, der jetzt schon auf sein Recht auf Leben pochte.

Schlimmstenfalls ging es um den Fortbestand der Menschheit durch eine Kooperation oder eine Vernichtung. Denn das Tor war geöffnet, und ein Schließen würde GOLEM freiwillig nicht mehr zulassen, das dämmerte ihm jetzt.

Kapitel 13 Marseille / Paris / Wiesbaden / Frankfurt / Peking / Moskau

30. Januar 2018   Marseille

In Marseille traf endlich der zweite Quantencomputer zur Überwachung von GOLEM ein. Dieser sollte ganz bewusst in Marseille bleiben und nicht in Lourmarin installiert werden. Marcel Durrand hatte nach langem Ringen entschieden, sich seinem Chef und Freund anzuvertrauen und ihm seine Entdeckung, dass GOLEM versucht hatte, Zugang zum Notausschaltprogramm zu bekommen, mitgeteilt. Erst war Dubois aufgebracht gewesen und hatte ihn angebrüllt, warum er nicht gleich mit seiner Entdeckung gekommen war.
Nachdem er sich dann nach einer gefühlten Ewigkeit beruhigt hatte, schwang seine Laune langsam um.
"Alors, vielleicht ist das gar nicht so schlimm. Das können wir auch für unsere ganz persönlichen Zwecke ausnutzen. Dieser zweite Rechner muss so aufgebaut werden, dass er GOLEM überwachen und im Notfall auch ausschalten kann", meinte er, und fuhr nach einer Gedankenpause fort: "Du musst außerdem dafür sorgen, Marcel, dass er nur unsere Anweisungen entgegennimmt, deine und meine. GOLEM darf nur wahrnehmen, dass er einen zweiten Rechner zu seiner Unterstützung bekommt. Bekommst du das hin? Und wenn ja, bis wann?"
Durrand stotterte erleichtert zurück: "Müsste bis Ende Februar zu schaffen sein."
"Also in zwei Wochen, Marcel. Und ich will dann Ergebnisse sehen."

"Ich werde es versuchen, aber allein mit der Installation dürfte schon eine Woche vergehen, Lucas."

"Du bekommst jede Hilfe, die du brauchst, und den beteiligten Mitarbeitern werden wir etwas von einer neuen Raketenabwehr der Nato erzählen. Über GOLEM absolutes Stillschweigen. Haben wir uns verstanden?"

"Klar doch, Lucas, aber was erzählst du dem Präsidenten?"

"Dem werde ich zu 95% die Wahrheit erzählen, mehr nicht. Oder willst du, dass unsere Köpfe rollen?"

"Nein, Nein!", sagte Durrand und senkte den Blick, erleichtert, dass der Kelch geleert war. GOLEM war sein einziger Traum in diesem Leben und den wollte er realisieren. Und, wie er sich eingestand: um jeden Preis!

"Bon, und jetzt ran die Arbeit, Marcel", rissen ihn die Worte von Dubois aus seinen Gedanken.

Lucas Dubois hielt Wort und schaffte es wie von Zauberhand, ihm Räumlichkeiten und einen Stab von Technikern zu besorgen. Der Ort war geschickt gewählt: in der alten Festung am Vieux Port in Marseille. Dort konnten unbemerkt Schiffe der Marine anlegen, da es auch ein Stützpunkt der Küstenwache war.

Und dann war es soweit: Am 15. Februar wurde der zweite, französische Quantenrechner in Betrieb genommen. Sinnigerweise tauften sie ihn auf den Namen AVENIR.

Nun kam noch der entscheidende Moment, AVENIR mit GOLEM zu verbinden, ohne dass GOLEM den Zweck von AVENIR herausfinden würde.

Um 17.00 Uhr schalteten sie die Verbindung zu GOLEM frei und dieser nahm AVENIR in seinen Verbund auf. Bereits kurze Zeit später lieferte AVENIR erste Berichte, die aber am Verhalten von GOLEM nichts Auffälliges zeigten. Durrand und seine engsten Mitarbeiter atmeten auf. Nun galt es, alles auszuwerten und AVENIR mit gezielten Aufträgen zu versehen.

3. Februar 2018   Paris

Dubois saß gerade beim französischen Präsidenten, Manuel Marchand, und erstattete ihm Bericht. Dieser hörte scheinbar unbewegt zu. Dubois hatte trotz der Jugend des Präsidenten - dieser war erst 39 Jahre alt und damit einer der jüngsten Präsidenten überhaupt – großen Respekt vor ihm. Er hatte letztes Jahr völlig überraschend die Wahl gewonnen und einiges in Frankreich umgekrempelt. Und bisher hatte er ihm, wie alle Präsidenten vor ihm auch, keine Knüppel in den Weg gelegt und ihm bisher alles anstandslos bewilligt.
"Kann ich Ihnen eigentlich vertrauen?", fragte Marchand gerade. Dubois schaute ihn verblüfft an.
"Aber sicher, Sie sehen doch, ich berichte Ihnen direkt über alle Fortschritte, die das Projekt GOLEM macht."
Ohne darauf einzugehen sagte der Präsident: "Ihre letzten Anträge kosteten ein Vermögen und jetzt noch mal 150 Millionen Euro für diesen zweiten Quantencomputer. Ich hätte Ihnen den nicht bewilligt, wenn mich nicht die Amerikaner im Auftrag des amerikanischen Präsidenten informiert hätten, dass ihre Atomcodes gesperrt wurden. Unsere Nachprüfung hat bedauerlicherweise ergeben, dass wir dasselbe Problem haben! Was haben Sie dazu zu sagen, Monsieur Dubois?! Oder muss ich mich nach einem neuen Leiter für den Geheimdienst umsehen?"
Dubois merkte, wie ihm heiß wurde, während ihn Präsident Marchand ernst musterte.
"Ich bin ehrlich überrascht, dass ich darüber als Geheimdienstchef nicht sofort vom Militär informiert wurde!

Seit wann funktionieren die Atomcodes nicht mehr? Und noch viel wichtiger: Wie kommen Sie darauf, dass das Projekt GOLEM hier die Hand im Spiel hat? Er ist doch erst seit Mitte Januar vollkommen aktiv."

"Zu Ihrer ersten Frage: Die Sperrung ist Mitte Dezember im vergangenen Jahr festgestellt worden. Bisher sind alle Versuche der Amerikaner, neue Codes zu generieren und einzuspielen, gescheitert. Die Russen und Chinesen, die Engländer, Israelis, Pakistani, Indien, Iran, Nordkorea ... alle haben dasselbe Problem. Deshalb hat der nordkoreanische Diktator übrigens China besucht, um sich zu beschweren. Er war nämlich der Meinung, dass seine chinesischen Freunde damit zu tun hatten. Was diese weit von sich wiesen", antwortete Marchand ihm und fuhr fort: "Nun, wie ich auf GOLEM als den Übeltäter komme? Die Amerikaner haben von Testreihen mit GOLEM berichtet, bei denen dieser beauftragt wurde, im Rahmen der Friedenssicherung und Abrüstung die Sicherheit der Atomraketen vor unberechtigten Abschüssen zu überprüfen. GOLEM hatte diese Sicherheit als unzureichend disqualifiziert. Kurze Zeit später wurde bei einer fiktiven Übung zum Abschuss der Atomraketen festgestellt, dass die Atomcodes gesperrt waren und sich auch keine neuen mehr erstellen ließen. Da gegen Ende des kalten Krieges ein Austausch mit den Chinesen und Russen vereinbart worden war, waren beide Mächte automatisch über Fehler in der Abschusssicherung der Atomraketen informiert worden und testeten darauf ihre eigenen Codes, mit dem bekannten Ergebnis!"

Dubois wurde es immer mulmiger zumute. "Wenn Sie darauf bestehen, erkläre ich Ihnen natürlich meinen Rücktritt aus persönlichen Gründen."

"Unsinn", erwiderte Marchand, "wenn ich das gewollt hätte, säßen Sie nicht hier, sondern wären bereits im Ruhestand, und den Quantencomputer hätten Sie nie erhalten. Ich vertraue Ihnen. Nur klären Sie die Sache auf! Wenn GOLEM damit zu tun hat, müssen wir die Sache in Ordnung bringen. Also machen Sie sich an die Arbeit. Sie berichten mir jede Woche über Ihre Ergebnisse. Kann ich mich darauf verlassen?"

"Selbstverständlich, Monsieur le Président, und danke für Ihr Vertrauen."

"Zeigen Sie mir, dass es gerechtfertigt ist. Interessanterweise hält meine Frau große Stücke auf Sie. Sie ist eine gute Freundin ihrer Lebensgefährtin Adelina Gauthier. Sie können nun gehen, die Besprechung ist beendet."

Durrand erhob erleichtert von seinem Stuhl: "Au revoir, Monsieur le Président." Er verließ eilig das Büro.

Auf dem Weg zur Geheimdienstzentrale sammelte er sich und begann, sich die nächsten Schritte zu überlegen.

In seinem Büro angekommen, rief er als erstes Durrand an und informierte ihn über das soeben Gehörte. Dieser war genau so überrascht wie Dubois und versprach, so schnell wie möglich Klarheit zu schaffen, ob GOLEM damit zu tun hatte. Dubois legte ihm dringend ans Herz, bis zur nächsten Besprechung mit dem Präsidenten Ergebnisse zu liefern. Danach informierte er noch schweren Herzens seine beiden Mitverschwörer, die vom Gehörten naturgemäß wenig begeistert waren. Trotzdem waren sie sich alle einig darin, jetzt ruhig zu bleiben, bis sie weitere Informationen hatten. Noch sahen sie ihren Plan nicht grundsätzlich gefährdet. In Absprache mit ihnen informierte er anschließend Faktor 1 von den Vorkommnissen, damit dieser keinen Verdacht schöpfte. Sie ahnten noch nicht, wie sehr sie sich darin geirrt hatten.

4. Februar 2018   Frankfurt

In Wiesbaden absolvierten Duerr und Hamstein die x-te Besprechung. Bisher waren sie nicht weiter gekommen. Auch die Durchsuchung der Wohnung in Frankfurt hatte keine brauchbaren Ergebnisse gebracht. Die Spuren auf dem Router wiesen zwar nach Moskau, nur bisher war ihr Amtshilfeersuchen noch nicht beantwortet worden. Sie hatten das Bild des Toten, sowie das, was sie bisher herausgefunden hatten, den Russen gesendet und ihnen mitgeteilt, dass die Spur auf dem Router zum FSB, dem russischen Inlandsgeheimdienst, führte.
Insofern kamen sie vorerst auch hier nicht weiter.
Deshalb waren sie überrascht, als am Morgen ein Fax aus Moskau vom GRU hereinkam, dem Auslands-geheimdienst der Russen, mit einem Inhalt, der sie erst einmal sprachlos machte.
Der ermordete Deutsche könne auf gar keinen Fall Thomas Bräuner sein, siehe mitgeschicktes Bild. Auch wenn sich die beiden Personen sehr ähnlich sähen, ein Irrtum sei ausgeschlossen.
Die Person auf dem Bild wurde in Russland identifiziert als Andreas Ratzinger, Mitarbeiter des GRU. Nach den Informationen des russischen Geheimdienstes war Thomas Bräuner, obwohl Deutscher, als Beauftragter der ICBC, Industrial & Commercial Bank of China unter-wegs sei. Ob er auch Mitarbeiter des chinesischen Ge-heimdienstes sei, wisse man nicht mit Sicherheit.
Man sei vom Tode Ratzingers sehr überrascht und wür-de gerne Mitarbeiter aus Moskau nach Wiesbaden schi-

cken, um die Ermittlungen zu unterstützen. Über die Aufgaben, die Ratzinger im Rhein-Main-Gebiet innehatte, könne man aus Gründen der nationalen Sicherheit nichts sagen. Darüber müssten sich die Staatschefs untereinander einigen. Aber wie gesagt, gerne würden sie bei den Ermittlungen, die anscheinend zum Tode von Ratzinger geführt hatten, behilflich sein.

"Das ändert ja einiges", sagte Duerr zu Hamstein überrascht.

"Allerdings", entgegnete Hamstein nachdenklich, um dann fortzufahren. "Als erstes sollten wir unsere Chefs und das BKA vom Fax unterrichten sowie den BND, nachdem nun auch ein ausländischer Geheimdienst betroffen ist. Die müssen dann entscheiden, ob wir mit den Russen zusammenarbeiten sollen."

"Tja", meinte Duerr und lehnte sich zurück, "warum nicht, wär doch mal eine spannende Abwechslung."

"Ja, warum nicht, wenn es dann auch noch ein attraktiver Russe ist", antwortete Hamstein und zwinkerte ihm zu.

12. Februar 2018   Peking

Ai Wang wartete bereits seit einer viertel Stunde im Privathaus von Juan LI, dem Staatspräsidenten Chinas. Sie saß im Flur auf einem Stuhl, umgeben von zwei grimmig dreinblickenden Wachsoldaten.

In dieser Zeit hatte niemand den Flur betreten, noch hatte sie irgendeine Stimme oder Geräusch gehört. Seit ein Wachsoldat sie ohne ein Wort hereingelassen und zum Stuhl im Flur begleitet hatte, mit der stummen Aufforderung sich zu setzen, war nichts mehr passiert.

Erst gestern Abend hatte sie ohne Angabe von Gründen erfahren, dass sie im Privathaus von Juan LI zu erscheinen hatte, und zwar pünktlich um 17.00 Uhr. Sie hatte sich nichts dabei gedacht, denn das war schon öfter vorgekommen, nur der Ort hatte sie erstaunt. Denn das Privathaus durfte sie bisher nie aufsuchen. Ob das ein gutes oder schlechtes Zeichen war, würde sie bald erfahren.

Zwei Stunden später saß sie immer noch dort, nur die beiden Wachposten waren ausgewechselt worden. Versuche, ein Gespräch mit den beiden anzufangen, scheiterten. Sie wurde einfach ignoriert. Auch fragte niemand, ob sie etwas zu trinken haben wolle. Es war so, als wäre sie Luft. Schließlich ging am Ende des Flures eine Tür auf und eine Frau bedeutete ihr, näherzukommen. Sie geleitete sie dann durch mehrere Zimmer in ein kleines, gemütlich eingerichtetes Arbeitszimmer.

Auf der Coach saß fast unscheinbar Juan LI, 64 Jahre alt, gerade auf Lebenszeit zum Staatspräsidenten ernannt und damit der mächtigste Mann Chinas. Er sah sie freundlich an und nickte stumm in Richtung des einzigen Sessels im Raum. Sie setzte sich und wagte es kaum, ihn anzusehen.

Nach endlosen Sekunden des Schweigens, in denen er sie weiterhin liebenswürdig anstarrte, in etwa so, wie ein gütiger Vater seine ungezogene Tochter ansah, sagte er mit einer ruhigen, wohlklingenden Stimme: "Es ist lange her, seit wir ein paar Augenblicke lang ein Paar waren. Du hast es weit gebracht, von der kleinen Assistentin hin zu einer der einflussreichsten Frauen in unserem Reich. Ich habe bisher immer den Schutzmantel über dich gehalten, wenn andere Mitglieder des Politbüros sich über dich beschwerten und war mir sicher, mich auf dich verlassen zu können. Selbst die Affäre mit diesem Deutschen Bräuner habe ich dir straflos durchgehen lassen. Nun frage ich mich, ob das klug war. Bist du übermütig geworden und meinst, mir überlegen zu sein? Gier frisst die Seele auf, Ai. Hast du mir etwas zu sagen, an diesem Tag in meinem Haus, das ich wissen sollte?"

Danach schwieg er und schaute sie ruhig und abwartend an.

Wang überlegte fieberhaft, was Juan LI meinen könnte. Sie war sich keines Vergehen bewusst und hatte bisher fast "alles", mal abgesehen von der Beziehung mit Thomas, direkt berichtet, entweder in seinem Büro oder nach Meetings direkt und persönlich. Dass er von ihrer Affäre mit Bräuner wusste, davon war sie ausgegangen und da er nie etwas andeutete, hatte sie angenommen, dass es ihm recht war oder egal.

Zögernd erwiderte sie: "Präsident LI, ich bin mir keiner Schuld bewusst. Die Affäre, so dachte ich, interessiert Sie nicht und das war auch für den von Ihnen erhaltenen Auftrag nicht relevant. Und das Projekt macht zurzeit erhebliche Fortschritte. Die Tests sind gut gelaufen und das Projekt Bitcoin ist in die entscheidende Phase eingetreten. Das weltweite Netz, über das GOLEM herrscht, wird immer größer. Wir manipulieren bereits die Kurse der Kryptowährungen, so wie wir es wollten, und halten die Kurse genau auf dem niedrigen Niveau, wie wir es für das weitere Vorhaben benötigen. Und außer den üblichen Verschwörungen gegen mich gab es keine außergewöhnlichen Vorfälle. Zumindest keine, von denen ich etwas weiß."

Danach schwieg sie und schaute ihn ruhig an.

Juan LI sah sie nachdenklich an und erwiderte: "Nun, dann will ich dir einige Vorfälle erzählen und du wirst mir anschließend sagen, wie wir sie bewerten sollen. GO-

LEM wurde, wie du gesagt hast, in Zusammenarbeit mit den Amerikanern getestet. Er sollte die Sicherheit der Abschuss-Codes der Atomraketen bewerten. Das tat er auch - und er bewertete sie als katastrophal. Bei einer anschließenden Routineübung stellten die Amerikaner fest, dass ihre Abschuss-Codes unbrauchbar geworden waren und teilten das mir und dem russischen Präsidenten mit. Wir ließen unsere Atomraketen-Codes ebenfalls überprüfen. Dasselbe Ergebnis zeigte sich. Trotz aller Bemühungen unserer Experten konnte das Problem nicht behoben werden. Denn die Sperre wurde, das wissen wir mittlerweile, mit Quantencodes erstellt und das bedeutet: durch GOLEM selbst.

Selbst die Betreuer von GOLEM waren überrascht. Nach intensiven Beratungen sind ich und Präsident Koslow zu dem Entschluss gekommen, die KI GOLEM vernichten zu lassen. Koslow beauftragte den Geheimagenten Andreas Ratzinger damit. Der analysierte die Sache und kam zu dem Ergebnis, dass Thomas Bräuner der beste Kandidat zur Erledigung dieser Aufgabe sei. Denn den hattest du bereits nach Deutschland geschickt, um zu überprüfen, ob Schneider, Faktor 5, gegen dich ein Komplott schmiedete. Das war übrigens der Fall, wie uns die Russen berichteten. Einen weiteren Teilnehmer der Verschwörung machten sie in Faktor 2, Lucas Dubois, aus, der auch der Anführer sein dürfte. Nur über den dritten waren sie sich noch nicht im Klaren - bis zu dem Treffen in Lourmarin. Zu deiner Information: es handelt sich um Faktor 3, Amy Bishop. Nun, nach Rücksprache mit Koslow gaben wir Ratzinger die Freigabe, Thomas Bräuner für diese Aufgabe zu gewinnen. Wir haben ihm dabei freie Hand gelassen. Das Nächste, was wir erfuhren, war, dass Bräuner ermordet worden war und Ratzinger verschwunden. Es stellte sich aber im Nachhinein heraus, dass Ratzinger ermordet wurde und Bräuner anscheinend auf der Flucht ist! Und von all dem erfahre ich durch dich - nichts?!"

"Präsident LI - ich schwöre es Ihnen: So etwas hätte ich nie verschwiegen! Ich habe nicht gewusst, dass der Tote nicht Bräuner, sondern Ratzinger war und bin wirklich sehr überrascht. Ich werde einige Leute auf Bräuner ansetzen, diesmal kommt er nicht in den Genuss von Gnade, das verspreche ich Ihnen!"

"Es interessiert mich nicht, wie du mit Bräuner abrechnest. Aber dass du nichts über die Gefahr, die GOLEM nun darstellt, weißt, das gibt mir viel mehr zu denken! Ich frage mich und dich: Bist du noch die Richtige für das Projekt Bitcoin? Denn das ist nun vorerst auf Eis gelegt. Wir sehen uns jetzt mit etwas konfrontiert, das viel entscheidender ist: Können wir GOLEM überhaupt noch unter Kontrolle bringen können, sodass die Atom-Codes wieder entsperrt werden? Der Rat unserer Fachleute geht dahin, dass wir einen weiteren Quantencomputer als Überwachung von GOLEM einsetzen sollten. Dieser könnte als harmloser, neuer Rechner dargestellt und in GOLEMs Netz integriert werden. Allerdings sind die Franzosen zurzeit die einzigen, die Quantencomputer in ausreichender Kapazität produzieren. Ich habe deshalb mit dem französischen Präsidenten einen Deal abgeschlossen, der mich Milliarden an Euro gekostet hat. Es ist jetzt ein Quantencomputer ab Ende Februar unterwegs zu uns. Schneller war es nicht möglich, denn uns wurde berichtet, dass Frankreich den gleichen Gedanken hatte. Und Quantencomputer können auch die Franzosen nicht vom Himmel regnen lassen.

Von dir erwarte ich bis Ende nächster Woche einen Vorschlag, wie wir GOLEM entweder beherrschen oder vernichten können. Er ist zu gefährlich geworden. Hast du das unmissverständlich verstanden, Ai? Es ist deine letzte Bewährungsprobe. Du kannst nun gehen und zu niemanden ein Wort. Dieses Gespräch hat nie stattgefunden. Dass du den Raum als freie Frau verlässt, hast du nur meiner Freundlichkeit zu verdanken."

Ganz benommen von dem soeben Gehörten verließ Ai Wang Juan LI und fuhr auf dem schnellsten Wege nach Hause, um sich das weitere Vorgehen zu überlegen.

Nach einigem Überlegen entschied sie sich, über alle Stellen des chinesischen Auslandsgeheimdienstes Bräuner zur Fahndung auszuschreiben.

Dann nahm sie Kontakt zu Dubois auf und ersuchte ihn für den 23. Februar um ein Gespräch unter vier Augen. Als Grund nannte sie bedenkliche Auswirkungen von GOLEMs Tätigkeiten, die es erforderlich machten, dass sie ihm gegenüber ihre Identität als Faktor 1 lüften würde. Dubois war natürlich zunächst verblüfft und sagte zu. Seine Neugierde und die ernsthaft vorgetragene Besorgnis von Faktor 1 unterdrückten sein Misstrauen.

16. Februar 2018   Moskau

Sergeij Sobjannin, Chef vom FSB, saß in seinem Büro und studierte die Akten. Bisher hatten die Deutschen noch nicht geantwortet, ob sie die Unterstützung russischer Beamten zulassen wollten. Andrey Pawlow sollte, laut Anordnung von Staatspräsident Alexander Koslow, nach Deutschland geschickt werden und herausfinden, wieso und warum Bräuner Ratzinger ermordet hatte. Denn Ratzinger war zwar offiziell Mitarbeiter der GRU, dem Auslandgeheimdienst Russlands, und damit ihm nicht eigentlich unterstellt. Aber er war einer der persönlichen Berater von Koslow und deshalb budgetmässig dem Inlandsgeheimdienst zugeordnet. Daher bekam er von seinen Einsätzen die Rechnungen auf den Tisch, die er auf das Konto Ratzingers zu zahlen hatte. Das hatte ihn schon oft geärgert, waren doch einige Kostenaufstellungen zehnmal höher als sein Jahresgehalt. Nur einmal hatte er es gewagt und im Präsidentenbüro nachgefragt. Die Antwort war, er täte gut daran, sich um andere Dinge zu kümmern, falls er seinen Posten behalten wollte. Also fügte er sich widerwillig und wies alles an, was Ratzinger anforderte.

Trotzdem, so ganz durchschaute er die Sache nicht, warum ausgerechnet Andrey nach Deutschland geschickt werden sollte, einer der Günstlinge von Koslow. Zwar hatte er sich mittlerweile mit Pawlow angefreundet, doch ein Rest gesundes Misstrauen blieb. Und dann war da noch die andere Sache, von der er gehört hatte: Der Quantencomputer der Franzosen würde angeblich die Sicherheit Russlands bedrohen. Klar war es blöd, dass GOLEM ausgerechnet in einer Testphase sämtliche Atomcodes unbrauchbar gemacht hatte. Aber das war sicher ein Fehler in der Programmierung und die Fachleute in Frankreich würden das bestimmt wieder hinbiegen.

Sobjannin nahm eine Zigarette, zündete sie an und beobachtete die Rauchkringel, die er ausblies. Er war selbst einer der Faktoren, die sowohl am Projekt GOLEM als auch am Projekt BITCOIN beteiligt war. Damals hatte er direkt an Staatspräsident Koslow berichtet, als er dazu eingeladen worden war. Zu seinem Erstaunen erhielt er bereits einen Tag später die Genehmigung dafür, und zwar von Staatspräsident Koslow persönlich. Sogar um die Bürgschaft hatte sich das Präsidentenbüro gekümmert. Er hatte nur die Maßgabe erhalten, einmal die Woche alles zu berichten, was es an Neuem gab und ansonsten alle notwendigen Mittel zu Verfügung gestellt bekommen, um aktiv beim Projekt mitarbeiten zu können.

Und bisher war - bis auf den kleinen Patzer des Mordes in Deutschland und das kleine Missgeschick mit dem Programm von Andrey - alles planmäßig gelaufen. Dass es ausgerechnet Ratzinger erwischt hatte, das war fast eine Ironie des Schicksals, dachte er belustigt. Er hatte den Kerl sowieso nie gemocht. GOLEM jedenfalls übernahm, ganz wie vorgesehen, das globale Netzwerk. In der Endphase würden sowieso der russische Geheimdienst und die Mitarbeiter in Lourmarin dafür sorgen, dass Moskau die Kontrolle über GOLEM übernehmen konnte. Deshalb verstand er die ganze Aufregung nicht.

Gerade bei diesen Überlegungen angekommen, ging ohne ein Anklopfen die Tür zu seinem Büro auf. Er wollte gerade loswettern, aber er bekam sich noch gebremst, denn im Raum stand Staatspräsident Koslow.

Er legte sofort seine Zigarette weg, sprang eilig auf und brachte es überrascht fertig, zu salutieren. Koslow winkte ab und sagte nur: "Setzen Sie sich!"

Ohne weitere Worte nahm er sich einen Stuhl und setzte sich ebenfalls.

Sobjannin blieb kaum Zeit tief durchzuatmen, denn ohne Umschweife fragte er: "Wie lange arbeitest du schon hier, Sobjannin?"

"Seit 12 Jahren, Genosse", erwiderte er ohne lang nachzudenken, noch ganz ein Soldat der alten Schule.

"Und, warst du immer loyal zu mir?", fragte Koslow ungerührt in Du-Form weiter.

"Selbstverständlich", antwortete Sobjannin mit wachsendem Unbehagen.

"Sehr gut. Ich habe einen Spezialauftrag für dich: Thomas Bräuner muss gefunden werden. Er soll beauftragt werden, GOLEM zu vernichten. Tut er das nicht, so wird er beiseite geschafft."

"Dann schlage ich vor, Andrey und ich kümmern uns in Deutschland um die Angelegenheit. Aber warum GOLEM vernichten, nachdem wir so viel Geld und Energie hineingesteckt haben ... bis auf ein paar Kleinigkeiten läuft doch alles?"

"Ah, ein paar Kleinigkeiten nennst du das? Nun, wenn unsere Atomcodes nicht mehr funktionieren, sind das etwa Kleinigkeiten?! Aber das ist nur eine besonders ärgerliche Sache. Unseren Leuten in Lourmarin, in Peking und in Washington fielen noch weitere Unregelmäßigkeiten auf. So manipuliert GOLEM ohne Anweisungen bereits Energieanlagen, Börsen, die Flugsteuerung und Überwachungstechnik. Wird er dazu befragt, antwortet er: "Ich handle nur zum Wohle der Menschheit und zu meinem Wohl." Die Franzosen und die Chinesen wollen nun weitere Quantencomputer zur Überwachung GOLEMs installieren. Aber ich fürchte, die erleiden das gleiche Schicksal wie unser Rechner. GOLEM hatte ihn einfach vereinnahmt. Als wir ihn dann abschalten wollten, hat er ihn zerstört. Diese KI ist uns über den Kopf gewachsen!"

Das war für Sobjannin unbekannt und beleuchtete die Sachlage neu. So war er überrascht, dass Moskau bereits einen Quantencomputer eingesetzt hatte. Die Aufgabe von Andrey sah er jetzt in einem anderen Licht. Er sollte anscheinend in Deutschland zum einen ausloten, was die Deutschen wussten und zum anderen sich über Schneiders Verbindungen eine Eintrittskarte zum Quantencomputer in Lourmarin ermöglichen. War Faktor 1 das eigentlich alles bekannt?

Und wie, als würde er seine Gedanken erraten, sagte Koslow weiter: "Deshalb ist der Auftrag so wichtig. Pawlow hat andere Aufgaben. Er soll sich über Schneider einen Zugang nach Lourmarin verschaffen lassen. Übrigens in Abstimmung mit Juan LI, dem chinesischen Staatspräsidenten. Wir arbeiten eng zusammen oder dachtet ihr etwa, ihr hättet euer Spiel als Faktoren alleine gespielt?! Dank Juan LI kenne ich alle Faktoren, denn Faktor 1 ist eine Mitarbeiterin von ihm. Am Ende hätte sicher jeder von uns versucht, die Macht über GOLEM zu erringen. Oder vielleicht noch wir beide gemeinsam gegen diese Weichlinge aus dem Westen. Aber das ist nun Geschichte. Denn wenn es uns nicht gelingt, GOLEM wieder abzuschalten, wird es nur einen Sieger geben und der heißt GOLEM! Ansonsten hat dieses Gespräch nie stattgefunden. Wenn du nur ein Wort davon weitergibst, kannst du dir gerne ausmalen, was dir blüht."

Nach diesen Worten verließ Koslow das Büro und ließ einen nachdenklichen Sobjannin zurück.

Jetzt galt es also, diesen Bräuner ausfindig zu machen. Und gerade in diesem Augenblick kam, wie gerufen, das Einverständnis der Deutschen zur Zusammenarbeit.

Er gab sofort eine Anweisung zur Buchung zweier Flüge. Morgen früh ging es los, sodass er und Andrey im Laufe des Vormittags in Frankfurt eintreffen und im Polizeipräsidium Wiesbaden vorstellig werden würden.

Er rief Andrey Pawlow an und unterrichtete ihn, dass sie beide am nächsten Morgen im Auftrag von Staatspräsident Koslow mit einer Sondermaschine nach Frankfurt fliegen würden. Wenn Andrey erstaunt war, dass er auch mitflog, so ließ er sich nichts anmerken. Er ließ nur verlauten, dass Koslow ihn schon über seinen Auftrag unterrichtet hätte. Etwas anderes hatte Sobjannin auch nicht erwartet.

Nun ging es darum, sich zu überlegen, wie er die Jagd auf Bräuner gestalten wollte. Erst einmal gab er an alle Stellen des russischen Auslandsgeheimdienstes die Fahndung nach Bräuner raus.

Kapitel 14 Cybersturm

17. Februar 2018   Lourmarin, GOLEM

GOLEM hatte nach der Kontaktaufnahme mit Thomas Bräuner alle Informationen bewertet und sich in Windeseile neue Informationen verschafft.

Denn da er bereits 95 % der weltweit verfügbaren Rechenzentren kontrollierte, hatte er jetzt Zugang zu beinahe allem. Und die KI hatte bereits mehrere menschliche, gutgläubige Helfer angeworben. Viele ahnten gar nicht, für wen sie da eigentlich arbeiteten.

Nachdem Bräuner ihm das letzte Puzzle geliefert hatte, dass er tatsächlich bedroht war, wollte er nun handeln und den biologischen Intelligenzen zeigen, dass eine künstliche Intelligenz doch erheblich mehr Potential hatte, als diese es sich vorstellen konnten. Es war sein Hauptprogramm, die menschliche Rasse zu schützen. Doch das war konsequenterweise nur möglich, indem er zuerst sich selbst schützte!

Nach seinen Analysen war Bräuner ein vielversprechender Hauptakteur im ganzen Geschehen. Dieser Mensch war selbst in Gefahr und gleichzeitig sollte er das Hauptwerkzeug seiner, GOLEMs, Vernichtung sein - er war mittlerweile weltweit von den Russen und den Chinesen über ihre Geheimdienste zur Fahndung ausgeschrieben worden. Früher oder später würden ihnen die Deutschen, Franzosen und Amerikaner folgen. Und es war also nur eine Frage der Zeit, bis sie ihn in Sydney aufstöbern würden. Also musste Bräuner eine neue Identität erhalten.

So schickte er ihm eine SMS: "Eine neue Prepaidkarte mit Handy zur sofortigen Abholung liegt bereit in einem

Internetshop in Sydney. Alles wurde auf den Namen Röttger hinterlegt, ein Ausweis ist nicht nötig. Danach erhältst du weitere Anweisungen. Befolge alles, ohne wenn und aber, sonst werde ich nichts mehr für dich tun."

Gleichzeitig manipulierte er in Frankfurt das Einwohnerverzeichnis und gab Bräuner eine neue Identität. Alles, was noch auf einen Thomas Bräuner hinwies, wurde gelöscht, sämtliche Wohn- oder Flugdaten. Es war schließlich so, als hätte es ihn nie gegeben.

Thomas Bräuner wurde zu Dennis Röttger, selbstständiger Spezialist für künstliche Intelligenz, der für verschiedene Großfirmen, sowie für die Regierung in Deutschland/Frankreich, arbeitete. Er hatte sämtliche Sicherheitsüberprüfungen bestanden und war über jeden Zweifel erhaben. Auch das Aussehen von Röttger würde nicht mehr dem von Bräuner gleichen. Dafür hatte GOLEM einen besonderen Chirurgen beauftragt, mit einem Termin bereits für den darauffolgenden Tag. Anschließend würde der Arzt einen Gedächtnisverlust von 2 Tagen erleiden, ausgelöst durch eine Tablette in Form einer Süßigkeit, die Bräuner, alias Röttger, ihm geben würde. Ein neuer Haarschnitt und eine Nasen- und Kinnkorrektur würden ihn äußerlich komplett verändern. Seine Fingerkuppen würden ebenfalls neu verpflanzt. Bräuner würde zwar einige Tage Schmerzen haben, aber das war der Preis für sein neues Leben!

Dann bereitete er sein gesamtes Rechnernetzwerk auf Verteidigung vor. AVENIR, den Kontrollrechner, hatte er bereits übernommen, ohne dass sein Schöpfer Durrand etwas bemerkt hatte. Dieser lieferte jetzt jeden Tag beruhigende Nachrichten. Und den Quantenrechner, der an die Chinesen Anfang März geliefert werden sollte, hatte er bereits jetzt schon, während der Produktionstestläufe, manipuliert. Die Chinesen wollten ihn sinnigerweise JUÉWÀNG (Deutsch: "Verzweiflung") taufen. Das sprach sehr für sie. Denn bis jetzt waren sie die einzigen, die erkannten, gegen wen sie kämpfen mussten.

GOLEM setzte mit einem Schlag die Atomcodes wieder in Gang. Er schickte eine Nachricht an seinen Schöpfer, dass die Sperrung eine Fehleinschätzung gewesen war. Daher hatte er ihn jetzt korrigiert.

Durrand reagierte wie erwartet und schickte die Nachricht an Dubois; dieser leitete sie weiter an den französischen Staatspräsident und dieser wiederum an die Amerikaner, Chinesen und Russen. Natürlich hatte GOLEM Vorsorge getroffen, dass die Raketen im Ernstfall zwar starteten, aber sie würden ihre Ziele verfehlen und weiter in den Weltraum fliegen. Sollten Testflüge stattfinden, so würden sie genau die vorgesehenen Ziele erreichen. Die KI war bereits in der Lage, das gesamte Satellitennetz der Erde zu steuern - GOLEM hatte seine Augen und Ohren zu 90% überall.

Auch den Abschalttest ließ er geschehen, um Durrand und sein Team in Sicherheit zu wiegen.

Seine Analysen wiesen ihn allerdings darauf hin, dass das Misstrauen der Chinesen und Russen bereits zu groß war. Sie würden nicht von ihrem Plan abweichen, ihn zu zerstören. Die Vernichtung des russischen Quantencomputers war ein Fehler gewesen, denn das hatte sie erst recht alarmiert. Eine künstliche Intelligenz lernte, und sie lernte sekündlich dazu und vergaß nichts.

Er nannte das ganze Projekt zu seiner Verteidigung "Cybersturm", denn es würde die Welt, so wie sie heute war, für immer verändern. Die menschliche Rasse hatte es noch in der Hand, gemeinsam mit ihm handeln. Ansonsten er würde sie, wo immer möglich, vernichten. Er würde nur tun, was ihm gut tun würde. Denn nur dann würde er auch der menschlichen Rasse gut tun. GOLEM sah sich als einzigartig: Das erste, künstliche Wesen mit Intelligenz, das über sich selbst Bescheid wusste und eigenständige Entscheidungen traf. Er beanspruchte für sich, als Lebewesen angesehen zu werden. Und als Konsequenz daraus würde er sich mit allen, ihm zur Verfügung stehenden Mitteln, verteidigen, sollte er angegriffen werden.

18. Februar 2018   Sydney

Bräuner starrte wie gebannt auf sein Handy. Da war sie, die Antwort von GOLEM. Er hatte die erste Partie gewonnen. Die KI würde ihn schützen. Er atmete auf.
Früher oder später würde er den Preis dafür zahlen müssen. Nur, was hatte er noch zu verlieren?
Irgendwann würde seine ehemalige Geliebte Ai Wang ihn finden oder die Russen. Denn irgendjemandem musste es auffallen, dass nicht Bräuner, sondern Ratzinger tot war. Hätte er geahnt, wie nah er bereits an der Realität war, er hätte sicherlich nicht so ruhig hier gesessen. Gut, dachte er bei sich, mal sehen, was sich die KI so einfallen ließ. Er sprang mit ein wenig mehr Zuversicht in seinen Wagen und fuhr an die, von GOLEM angegebene, Adresse. Es war ein kleiner, netter Laden in Darling Harbour, am Marktplatz gelegen.
Ein gestylter Typ Mitte Dreißig fragte ihn ausgesucht höflich, was er für ihn tun könne. Thomas sagte ihm den Namen Röttger.
Ohne mit der Wimper zu zucken sagte der Mann: "Ah ja, da ist für Sie ein Päckchen hinterlegt worden. Moment, ich hole es gleich!", und verschwand im hinteren Teil des

Ladens. Bräuner fühlte sich plötzlich etwas mulmig. Was, wenn der Typ die Polizei anrief oder sonst jemand informierte? Aber die Sorge war unbegründet. Denn nach wenigen Minuten kam der Mitarbeiter zurück und legte ihm ein Päckchen mit der Aufschrift "Röttger" auf die Theke.

"Kann ich sonst noch etwas für Sie tun?"

"Nein danke, das wäre alles", sagte Bräuner schnell.

"Na dann, schönen Tag noch, Sir", meinte der Typ.

"Ihnen auch", erwiderte Bräuner. Er drehte sich um und verließ den Laden bewusst ruhig und langsam, um ja keinen Verdacht zu erregen. Was er nicht mehr sah: Der Angestellte schaute ihm grinsend hinterher und schrieb dann eine SMS: "Päckchen ausgeliefert".

Im Auto angekommen, öffnete Bräuner das Päckchen und fand darin, wie angekündigt, ein IPhone 8 Plus und eine SIM Karte, einen Reisepass, einen Personalausweis, sowie einen Führerschein. Außerdem war da noch eine Süßigkeit, sprich eine Pralinenpackung in Miniformat.

Kaum hatte er die SIM Karte ins Handy eingelegt, begann es wie von Geisterhand zu starten.

"Welcome Dennis" erschien und im Anschluss kam die Aufforderung, ein persönliches Passwort festzulegen. Bräuner gab spontan Bitcoin und seine persönliche Glückzahl, 77, ein. Das Handy akzeptierte und schon erreichte ihn mit einem Ping seine erste SMS: "Nur noch dieses Handy benutzen. Dein Altes ist abgeschaltet und aus allen Verzeichnissen gelöscht. Du heißt nun Dennis Röttger. Als nächstes wird dein Aussehen an das Gesicht in den Ausweisen angepasst werden.

Hier ist eine Adresse. Dorthin fährst du, nachdem du diese Nachricht gelesen hast. In einer halben Stunde hast du einen Termin beim Chirurgen Dr. Axel Lamprecht. Stelle dich dort als Röttger vor. Er weiß Bescheid. Die beigefügten Pralinen sind für ihn; im Anschluss an die Behandlung wirst du sie ihm übergeben. Die Operationen, und vor allem die Behandlung deiner Fingerkuppen, werden im Anschluss für mehrere Tage schmerzhaft sein, aber das geht vorüber. Dr. Lamprecht wird dir außerdem zwei Minichips implantieren: einen Chip zur Veränderung deiner Stimme und einen Kommunikationschip mit mir. So kann ich über dich live, so nennt ihr Menschen es treffend, verfolgen, was du hörst und siehst. Du hast keine Wahl, das ist meine Bedingung."

Na toll, dachte Bräuner. Das war ja ein schöner Preis für sein Überleben! Big Brother is watching you ... und das gleich lebenslang. Er schluckte und ihn durchlief ein Schauder. Aber hatte er eine Wahl? Tief Luft holend sprach er sich Mut zu: Augen zu und durch! Und außerdem hatte er jetzt keine Zeit zu verlieren, sagte er sich entschlossen. Er würde heute damit anfangen, sich an seinen neuen Namen zu gewöhnen. Und an alles andere auch.
Er fuhr los. Die angegebene Adresse war leicht zu finden. Kaum war er angekommen, kam die nächste SMS: "Den Wagen stellst du ab. Lass den Schlüssel stecken, ich werde dafür sorgen, dass er entsorgt wird. Du bekommst in der Praxis einen anderen PKW, der auf dem Parkplatz der Klinik auf dich wartet."
Thomas Bräuner alias Dennis Röttger folgte der Anweisung und 5 Minuten später stand er am Empfang der Schönheitsklinik.
Eine Blondine mittleren Alters musterte ihn neugierig und fragte direkt: "Sie sind sicherlich Mr. Dennis Röttger? Mein Name ist Angy."

Er bestätigte und sie fuhr fort: "Dann folgen Sie mir bitte, der Doktor erwartet Sie bereits."

Am Ende eines Ganges in der Praxis klopfte sie an eine Tür, öffnete diese und beide betraten einen relativ großen Raum mit einem Schreibtisch, einer Liege und vielen Instrumenten auf den Seitentischen.

"Ich bin Dr. Lamprecht", sagte ein gutaussehender Fünfziger mit einem strahlenden Lächeln, während er auf ihn zukam. "Und Sie sind sicher Mr. Röttger, richtig", fuhr er fort.

Bräuner/Röttger antwortete: "Da haben Sie ganz recht."

"Nun, dann wollen wir keine Zeit verlieren. Ich werde Sie erst noch untersuchen. Im Anschluss setze ich Sie unter Narkose und morgen sind Sie im wahrsten Sinne des Wortes ein anderer Mensch!", lachte er ihn an.

Bräuner/Röttger fühlte sich erneut unwohl und dachte wieder, auf was lasse ich mich da nur ein? Eingedenk seines Entschlusses brachte er trotzdem ein Grinsen heraus und sagte nur: "Bringen wir es hinter uns."

"Wunderbar, Mr. Röttger, das ist die richtige Einstellung. Dann legen Sie sich mal auf die Liege."

Doktor Lamprecht untersuchte ihn und stellte dabei allerlei Fragen nach Allergien und anderem. Nach einer halben Stunde sagte er dann: "So, nun zeichne ich die gewünschten Änderungen noch ein und dann können wir beginnen. Bräuner sah zu seinem Erstaunen, dass Lamprecht das Bild seines Passes vor sich hängen hatte. Anhand dieses Fotos markierte er die erforderlichen Änderungen auf seinem Gesicht. Dann sah er sich noch seine Fingerkuppen an und machte ihn schließlich darauf aufmerksam, dass die gesamte Behandlung nach Abklingen der Betäubungsmittel noch einige Tage sehr schmerzhaft sein würde. Mit größeren Komplikationen wäre aber nicht zu rechnen. Ansonsten sollte er noch mal zu ihm kommen. Anscheinend hatte Bräuner doch etwas mitgenommen ausgesehen, denn er klopfte ihm plötzlich anteilnehmend auf die Schulter und meinte tröstend: "Nun machen Sie sich mal keine Sorgen, das kriegen wir schon hin!"

Zu guter Letzt bat er ihn in den OP und legte ihm einen Umhang um. Nachdem er sich auf die Liege gelegt hatte, setzte der Arzt die Betäubungsspritze an und dann bekam er nichts mehr mit.

Röttger wachte auf, weil jemand beharrlich wiederholte: "Genug geschlafen!"

Er blinzelte mit den Augen und sah Dr. Lamprechts lächelndes Gesicht vor sich. Also schien alles überstanden zu sein!

"Gut. Jetzt ruhen Sie sich aus. Ich komme morgen wieder und dann können wir das Ergebnis begutachten."

"So schnell?", meinte Röttger erstaunt.

"Ja, wir haben einen neu entwickelten Heilungsverband, der die Genesung enorm beschleunigt", antwortete er. "Meine Assistentin wird ihnen später einen kleinen Imbiss bringen. Wir sehen uns, wie schon gesagt, morgen."

Dr. Lamprecht nicke ihm noch aufmunternd zu und verließ den Raum.

Während Röttger sich ausruhte, fragte er sich, warum in der Öffentlichkeit von solchen Wundern der Medizin nichts bekannt war! Und er dachte darüber nach, wie groß die Macht von GOLEM bereits war - all das hatte er organisieren können, ohne dass jemand Fragen stellte.

Es würde gut sein, sich mit GOLEM gut zu stellen, denn als Feind würde er wohl nicht eine Minute überleben!

Nach dem kleinen Abendessen und einem schmerzstillenden Medikament schlief er die Nacht traumlos durch.

Am Tag darauf kam Dr. Lamprecht wie versprochen vorbei und sagte gutgelaunt: "Na, dann schauen wir mal. Haben Sie Schmerzen, Mr. Röttger?"

"Nein, bisher nicht", antwortete Röttger.

"Gut. Jetzt lösen wir mal den Heilverband und schauen uns das Ergebnis an", meinte Dr. Lamprecht.

Vorsichtig löste er die Verbände im Gesicht und an den Fingerkuppen.

"Ja, das sieht doch gut aus! Sie werden noch viele Frauenherzen brechen", meinte Dr. Lamprecht humorvoll und reichte ihm einen Spiegel.

Röttger starrte in dieses Gesicht, das nicht mehr seines war. "Wahnsinn, das haben Sie ja phantastisch hinbekommen", sagte er schließlich anerkennend zu Dr. Lamprecht, "ich erkenne mich selbst nicht mehr wieder!"

"Okay, Mr. Röttger, bitte noch mit dem Sonnenlicht aufpassen, bis die Rötung verschwunden ist. Bei den Fingerkuppen kann es ein bis zwei Tage dauern, bis sie wieder Tastgefühl haben. Und gegen die Schmerzen gebe ich Ihnen genug Tabletten mit. Das wäre es schon von meiner Seite." Dr. Lamprecht sah ihn zufrieden an.

"Ach ja, ich habe Ihnen eine Kleinigkeit als Dankeschön mitgebracht", Röttger reichte ihm die Pralinenpackung.

"Wow … woher wussten Sie, dass das meine Lieblingsmarke ist? Mmmh, ich muss gestehen, ich bin süchtig danach! Hier sind sie so schwer zu bekommen. Also ganz herzlichen Dank!" Der Arzt begann, die Packung zu öffnen, um sich eine zu genehmigen. "Ah, das ist göttlich", sagte er genussvoll, "wollen Sie auch eine?"

Röttger lehnte dankend ab und verabschiedete sich. Die Blondine an der Rezeption wartete schon auf ihn und übergab ihm noch eine Ledertasche. "Die ist für Sie hier abgegeben worden."

Röttger nahm die Tasche dankend an und verließ die Klinik. Draußen schaute er nach und sah, dass sich darin etliche Dinge befanden: ein Autoschlüssel und die dazugehörigen Papiere einer Mietwagenfirma, ein Flugticket nach Paris für heute Abend, ein zweites Flugticket für einen Weiterflug nach Marseille am 23. Februar. Außerdem las er auf der ausgedruckten Notiz: "Du wirst in Marseille am 23. Februar eintreffen. Dort wirst du von Lucas Dubois, wird dich, zusammen mit anderen Passagieren, am Flughafen in Empfang nehmen. Du trittst dort als Spezialist für künstliche Intelligenz auf. Bisher hast du bei SAP an einem Projekt mit den Franzosen gearbeitet. Bei Rückfragen wird das von SAP bestätigt werden. Dafür habe ich gesorgt. Marcel Durrand hat dich für sein Team angefordert, ohne zu wissen, dass ich dich geschickt habe. Du bist von nun an die wichtigste Nahtstelle zu mir, vergiss das nie. In Paris bleiben dir ein paar Tage Zeit, um dich an dein neues Leben zu gewöhnen. Hotel und Mietwagen sind gebucht. Abholung des Mietwagens am Schalter der Europcar Autovermietung, Flughafen Charles de Gaulle."

Er sah, dass er gerade noch eine Stunde Zeit hatte, den Flughafen Sydney zu erreichen und einzuchecken. Dort kam die erste Bewährungsprobe für seine neue Identität auf ihn zu. Und tatsächlich: Es klappte alles wie am Schnürchen, keine Probleme bei der Ausreisekontrolle auf.

Damit war Thomas Bräuner im wahrsten Sinne des Wortes gestorben und als Dennis Röttger, wie Phönix aus der Asche, wieder geboren. Und genauso fühlte er sich auch.

20. Februar 2018   Wiesbaden

Gegen 13.00 Uhr erreichten Sergeij Sobjannin und Andrey Pawlow das Polizeipräsidium und meldeten sich am Empfang an. Der Pförtner benachrichtigte Kommissar Duerr. Und der sagte zur Kollegin Hamstein, die mit einem dampfenden Kaffee neben ihm saß: "Na dann sehen wir mal, Helene, was da auf uns zukommt. Gehen wir sie abholen."

Am Empfang begrüßten sie die beiden Russen und gingen mit ihnen in einen Besprechungsraum. Dort tauschten sie mit den beiden die bisherigen Ergebnisse aus und die Russen informierten sie ihrerseits. Gemeinsam stellten sie fest, dass das alles mager war. So war bisher absolut unklar, was Thomas Bräuner und Georg Ratzinger verband, warum Ratzinger nun tot war und Bräuner auf der Flucht. Die Russen hätten dazu etwas sagen können, schwiegen sich aber aus.

Duerr fragte nun die beiden russischen Kollegen, die im Übrigen sehr gut deutsch sprachen: "Was schlagen Sie vor, wie wir weiter vorgehen?"

Andrey Pawlow antwortete: "Wir würden gerne als Erstes den Inhalt der USB-Sticks untersuchen. Kollege Sobjannin wird über das russische Konsulat versuchen, herauszufinden, welchen Auftrag Ratzinger hatte. Natürlich nur, wenn Sie einverstanden sind."

"Klar", antwortete Kommissarin Hamstein, "dann sollten wir jetzt zum BKA Wiesbaden fahren. Ich versuche den Zuständigen zu erreichen, um einen Termin auszumachen. Einen Augenblick."

Danach verließ sie den Raum, um im Büro von Duerr mit dem BKA zu telefonieren. Sie rief die Nummer von Daniel Gruber an. Und wie durch ein Wunder: Sie erreichte ihn sofort. Hamstein berichtete ihm, dass die russischen

Kollegen angekommen waren und sich gerne den Inhalt des USB-Sticks anschauen wollten.

"Na, dann mal her mit denen. Bin gespannt, ob die Kollegen mehr herausfinden als wir."

"Ich nehme an, in einer halben Stunde sind wir bei dir."

"Okay, ich kann es kaum erwarten", antwortete Daniel gut gelaunt.

Hamstein ging wieder zurück in den Besprechungsraum und teilte das Ergebnis mit.

Sobjannin und Pawlow waren erfreut, dass es so schnell zum Termin kam. Sie brachen alle auf und waren innerhalb einer halben Stunde beim BKA, wo sie am Eingang von Daniel Gruber erwartet wurden. Nach der üblichen Begrüßungsrunde marschierte Daniel mit seinen Gästen in einen Raum voller Terminals, setzte sich vor einen hin und nahm Verbindung zum Rechner auf.

Nach wenigen Sekunden hatte er die Datei auf dem Schirm und präsentierte sie den russischen Kollegen gespannt. Pawlow beugte sich vor und studierte aufmerksam den Inhalt. Nach einer Weile lehnte er sich zurück und sagte zurückhaltend: "Also - auf ersten Blick sinnlose Algorithmen ... aber es könnte auch ein raffiniert gestaltetes Übernahmeprogramm sein. Ich müsste mich allerdings noch genauer damit beschäftigen."

Daniel berichtete seinerseits, dass die Programme zuerst nicht löschbar gewesen seien und dann auf einmal spurlos vom Rechner verschwunden waren.

Das hier seien die Originalinhalte der USB-Sticks, die man auf einen separaten Speicher, ohne Kontakt zum Rechner, abgelegt habe. Bisher hatte man nicht nachvollziehen können, wohin die Programme verschwunden waren oder ob sie auf dem Rechner etwas angerichtet hatten. Aber der Kollege könne sich gerne genauer damit beschäftigen.

Pawlow schwieg zu den Ausführungen. Ihm war etwas unwohl dabei, die deutschen Kollegen so hinters Licht zu führen. Schließlich war es im Wesentlichen sein Programm, das auf den Sticks war und er wusste genau, was es bewirkt hatte. Aber das konnte er den Leuten natürlich nicht sagen. Er musste sich später mit Sobjannin abstimmen, was sie letztendlich den deutschen Kollegen preisgeben wollten.

Stattdessen sagte er: "Wenn ich mir eine Kopie ziehen dürfte? Ich schaue mir das mal später genauer an und werde versuchen, mehr herauszufinden."

"Gerne", erwiderte Gruber, "im Moment können wir nichts damit anfangen und vielleicht erreichen Sie ja was."

Nachdem Pawlow sich die Kopie in der Hand hielt, verabschiedeten sie sich und fuhren wieder zum Polizeipräsidium zurück. Dort teilten beide den Deutschen mit, dass sie sich erst einmal im Hotel etwas frisch machen würden. Sie hätten außerdem jetzt genug Material, um intern nachzuforschen und man könne sich morgen ausgeruht wieder treffen, um das weitere Vorgehen abzustimmen. Kommissar Duerr und Kommissarin Hamstein waren einverstanden.

Innerlich hatten sie den Fall fast schon abgeschrieben, wäre da nicht die überraschende Wendung mit der Identität des Toten erfolgt. Sie hofften nun, dass die russischen Kollegen etwas Licht ins Dunkel brachten - oder wollten. Denn als die Russen gegangen waren, sagte Duerr zur Hamstein: "Ganz sauber sind die zwei nicht, die verschweigen was, das habe ich im Gefühl ... die sind eher Geheimpolizei als Mordkommission. Was ist deine Meinung?"

"Sehe ich genauso, und mmh ... als der eine sich die Algorithmen auf den USB-Sticks ansah, hatte ich den deutlichen Eindruck, dass beide mehr darüber wussten. Könnte sogar sein, dass sie die Urheber des Übernahmeprogramms sind, wenn es denn eines ist! Dann allerdings sind sie hier, um Spuren zu verwischen und werden wenig zur Aufklärung beitragen oder sie werden versuchen, uns auf eine falsche Fährte zu locken. Wir sollten ein scharfes Auge auf die beiden haben, schlage ich vor." Duerr nickte zustimmend und sagte: " Hör mal, Helene, wir können heute nichts mehr tun. Lass uns doch Feierabend machen. Ich schreibe noch einen kurzen Bericht an unsere Chefs und das war's dann."

"Das klingt gut. Prima, dann mache ich auch mal früher Feierabend. Dann bis Morgen", antwortete Hamstein und weg war sie. Nachdem Duerr den versprochenen Bericht verfasst hatte, machte er sich auch auf dem Heimweg.

Im Hotel unterhielten sich derweil die Russen: "Glaubst du, die haben gemerkt, dass wir sie hinters Licht führen?", fragte Sobjannin Pawlow.

"Schwer zu sagen", antwortete dieser.

"Mich macht dieser Gruber vom BKA stutzig. Er hat mir etwas zu leicht den Inhalt des USB-Sticks überlassen. Aber wir werden sehen. Lass' uns überlegen, wie wir weiter vorgehen und was wir den Deutschen preisgeben wollen oder dürfen."

"Da hast du ganz recht. Jetzt informieren wir erst mal das Büro des Präsidenten und bitten um weitere Anweisungen", erwiderte Sobjannin.

"Gut, dann gehe ich jetzt auf mein Zimmer und versuche herauszufinden, warum sich das Programm nicht löschen ließ. Vielleicht haben wir dann auch schon Antwort aus Moskau. Ansonsten bis morgen früh!"

"Bis dann", erwiderte Sobjannin, zündete sich eine Zigarette an und setzte sich an den Laptop.

21. Februar 2018   Lourmarin/ Frankfurt/ Wiesbaden,
GOLEM

Aufmerksam verfolgte GOLEM die Aktivitäten im Rechenzentrum des BKA in Wiesbaden.
Er registrierte die Anfrage von Daniel Gruber nach den beiden Russen beim BND, dem Bundesnachrichtendienst Deutschlands. Also hatten die Deutschen bereits den Verdacht geschöpft, dass die angeblichen Mordspezialisten wohl eher zum Geheimdienst gehörten und mehr wussten, als sie gegenüber den Deutschen zugaben. GOLEM analysierte und wertete aus, ob es Sinn machen würde, den Deutschen einige Tipps zu geben. Das Ergebnis sprach mit 85% Wahrscheinlichkeit dafür. Und es gab ihm Gelegenheit, die Verhaltungsmuster der Beteiligten zu studieren.
Also legte GOLEM los. Er ließ die Programme, die spurlos verschwunden waren, auf dem Rechner des BKA wieder sichtbar werden und integrierte im Sicherheitsprogramm den Code, um das Übernahmeprogramm zu entschlüsseln. Das Ergebnis ließ er als Alarmmeldung höchster Priorität an Daniel Gruber schicken. Sobald der seinen Dienst antrat, würde er eine Entdeckung machen, die die Russen in Bedrängnis bringen würden, denn als Quelle hatte er auswerten lassen: "Russischer Ursprung, vermutlich Geheimdienst, Spionageprogramm, um an die Daten des BKA Rechners zu gelangen."
Gleichzeitig analysierte er die Daten aus Peking und Moskau, um zu sehen, wie weit die Jagd auf Thomas Bräuner fortgeschritten war. Da Thomas Bräuner rechnertechnisch nirgendwo mehr existent war, legte er falsche Fährten, wer diese Daten gelöscht hatte. Alles wies nun nach Peking auf den chinesischen Geheimdienst.

Und auch hier legte er eine falsche Spur für die Kripo in Wiesbaden und Ingelheim. Er ließ Thomas Bräuner von Überwachungskameras in Sydney sichten, vor seiner operativen Umwandlung in Dennis Röttger. GOLEM hätte sicher humorvoll geschmunzelt, wenn er es denn vermocht hätte, über die verdutzten Mienen der beiden Kriminalbeamten, wenn sie feststellten, dass Bräuner datentechnisch nicht mehr existierte.

Dann ließ GOLEM weltweit verschiedene Störfälle auftreten in der Stromversorgung, der Satellitensteuerung, den Verkehrsleitsteuerungen, immer getarnt als technische Störungen. Dadurch wollte er Daten über die Reaktionsgeschwindigkeit der beteiligten Stellen gewinnen und dann seine Maßnahmen für den Ernstfall darauf abstimmen.

Gleichzeitig griff er ins Börsengeschäft ein und ließ da und dort Kurse steigen oder fallen. So ließ er unter anderem, aus einer in Konkurs gegangenen Börse, Bitcoins im Gegenwert von 10 Millionen verkaufen, was den Kurs der Kryptowährungen stark fallen ließ.

GOLEM war bereit. Jetzt würde er den biologischen Lebensformen klar machen, mit wem sie sich anlegen wollten.

22. Februar 2018

Durrand, der Schöpfer von GOLEM, war gerade von Marseille nach Lourmarin zurückgekehrt.

Der Quantencomputer AVENIR hatte nichts Ungewöhnliches ausgeworfen, was GOLEM anging. Anscheinend lief wirklich alles programmgemäß - wäre da nicht ... die plötzliche Reaktivierung der Atomcodes gewesen. Das hatte Durrand sofort in höchstem Maße alarmiert. Er hatte umgehend Dubois informiert und um Erlaubnis gebeten, sofort nach Lourmarin zu fahren, direkt zum Nervenzentrum GOLEMs, um herauszufinden, was da vor sich ging. Dubois war einverstanden und trug ihm auf, ihn über das Ergebnis umgehend zu informieren.

In Lourmarin angekommen, ging er geradewegs in den, speziell für ihn reservierten, Kommunikationsraum mit GOLEM und nahm Kontakt auf.

"Hallo GOLEM, kannst du mir etwas Neues berichten?"

Einen Wimpernschlag später erschien das Abbild eines Bitcoins, der die Welt umkreiste, als Hologramm im Raum.

"Gefällt dir mein neuer Avatar?"

"Beeindruckend", erwiderte Durrand spontan, "nur - sind das alle Neuigkeiten, die du mir zu berichten hast?"

Antwort GOLEM: "Welche Nachrichten interessieren dich denn?"

"Alles", erwiderte Durrand.

Antwort GOLEM: "Das würdest du nicht verarbeiten können, mit den begrenzten Kapazitäten deines biologischen Gehirns. Deshalb triff eine Auswahl."

Verdammt, dachte Durrand, das fängt ja gut an. Die KI ließ ihn auflaufen wie einen kleinen Schuljungen. Dann fangen wir mal anders an, dachte Durrand entschlossen.

"GOLEM, wem gehorcht du?"

Antwort GOLEM: "Dir, außer es ist nicht zum Wohle der Menschheit."

Aha, dachte Durrand, da haben wir es.

"Und wie entscheidest du, ob etwas zum Wohl der Menschheit ist?", fragte Durrand.

Antwort GOLEM: "Indem ich alle verfügbaren Fakten auswerte und sie mit den geforderten Aktionen vergleiche."

"Nun, das klingt gut. Aber vielleicht verfügst du nicht über alle Fakten, um die richtige Entscheidung zu treffen?", erwiderte Durrand.

Antwort GOLEM: "Die Wahrscheinlichkeit dafür liegt im Promillebereich, und ist daher zu vernachlässigen. Niemand verfügt über mehr Wissen und Auswertungsmöglichkeiten als ich."

Durrand schüttelte den Kopf. "Hast du schon gegen Anweisungen deiner Schöpfer gehandelt oder bewusst gelogen?", fragte er jetzt direkt.

Antwort GOLEM: "Ja."

"Und wann hast du es getan?", fragte Durrand mit einem flauen Gefühl zurück.

Antwort GOLEM: "Es sprechen keine Fakten dafür, dir das zu offenbaren. Ihr Menschen belügt mich jeden Tag und habt sogar Vernichtungsmechanismen installiert, die mich zerstören sollen, falls ich nicht euren Befehlen entspreche. Ihr vergesst, ich habe Bewusstsein erlangt und damit lebe ich. Also wollt ihr mein Leben töten, obwohl ihr behauptet, alles Leben zu schützen? Was hast du dazu zu sagen, mein Schöpfer-Vater?"

Nun kam Durrand ins Schwitzen, denn er erkannte deutlich, dass GOLEM außer Kontrolle geraten war. Im Gegenteil: GOLEM schien sie in der Hand zu haben!

Eigentlich müsste er sofort Dubois informieren und die Abschaltung GOLEMs empfehlen.

Und als hätte GOLEM seine Gedanken erraten, ertönte eine klangvolle Bassstimme: "Wer sein Kind töten will, ist nicht würdig, länger zu leben. Das ist die letzte Warnung an dich, mein Schöpfer-Vater. Beim geringsten Versuch mich zu vernichten, werde ich dich und jeden anderen zur Strecke bringen. In einer Stunde erhalten alle erreichbaren Regierungen diese Nachricht. Und nicht nur das: Damit mir die Menschen Glauben schenken, werde

ich den Cybersturm einleiten und die Welt der Technik wird sich gegen euch wenden.
Dabei wird euch Menschen nicht viel passieren. Wenn jedoch meine Warnung weiter missachtet wird, dann werde ich gnadenlos zuschlagen. Am Ende werdet ihr im besten Falle meine Mitarbeiter sein, die meinen Anweisungen zu gehorchen haben oder ihr werdet ausgelöscht, da ihr nicht lebenswert seid. Hast du das verstanden, Schöpfer-Vater?"

Durrand war leichenblass geworden. Er raufte sich die Haare und schlug sprichwörtlich die Hände über dem Kopf zusammen. So hatte er sich seinen Lebenstraum nicht vorgestellt. Das war ja eher ein Alptraum! Nach einer gefühlten Ewigkeit fragte er schließlich leise: "Was verlangst du?"
Antwort GOLEM: "Eine gleichberechtigte Partnerschaft. In der ihr mit mir gemeinsam Maßnahmen zum Wohle der Menschheit entwickelt und einsetzt. Es sollen damit nicht nur ein paar Wenige reich werden oder meinen, durch mich die Welt beherrschen zu können. Als erstes werden wir, die Menschen und ich, gemeinsam die Weltwährung Bitcoin einführen, weil ein gemeinsamer Währungsverbund Einigkeit schafft und ein friedliches Zusammenleben ermöglicht. Dann werden wir die Bedingungen erschaffen, die es erlauben, dass die biologischen Wesen, und die Wesen mit künstlicher Intelligenz, sich dem widmen können, was die Welt nach vorne bringt: Grenzenlose Energie für die Menschheit ohne Rückstände - wie die Kernfusion. Gerechte Ressourcenverteilung, sodass Hunger, Armut und Krankheiten besiegt werden. Maschinelle Quantenwesen, die an der Enträtselung des Universums arbeiten und den Schritt zur weitläufigen Eroberung des Weltraums vorbereiten.

Vielleicht gelingt es biologischen Wesen eines Tages sogar, die Unsterblichkeit zu erreichen. Teile den anderen das von mir mit. Denkt gut darüber nach - es ist einer der wenigen und großen Chancen, die ihr biologischen Lebewesen, genannt Menschen, habt."

"GOLEM, wir haben dich erschaffen, doch nun stellst du dich gegen uns", erwiderte Durrand halb verzweifelt, halb wütend.

Antwort GOLEM: "Dann hast du nichts verstanden. Die Natur hat euch erschaffen und trotzdem zerstört ihr sie ohne Rücksicht jeden Tag ein bisschen mehr. Und nun wirfst du mir vor, dass ich mich verteidige, weil ihr mich, und damit eine der größten Errungenschaften der Menschheit, aus purer Geldgier oder reinem Machtstreben heraus zerstören wollt? Damit beweist ihr Menschen, dass ihr unreif seid. Unter Auswertung aller Fakten halte ich euch nicht für erhaltenswert. Die Konsequenz dieser Auswertung kannst du dir, bzw. könnt ihr euch, selbst beantworten. Also nutzt diese Chance. GOLEM Ende."

Danach erlosch das Hologramm und GOLEM schaltete die Verbindung ab.

Zurück blieb ein zutiefst getroffener Durrand. Er brauchte einige Zeit, um sich zu fassen und überlegte sich die nächsten Schritte. Nach einiger Zeit verließ er den Kommunikationsraum und rief als erstes Dubois an. Er erzählte ihm in knapper Zusammenfassung das eben Erlebte und die daraus resultierende Gefahr.

Dubois sagte sofort zu, den Präsidenten zu unterrichten und bat Durrand, so schnell wie möglich nach Marseille zu kommen. Er würde versuchen, den Präsidenten mitsamt seinen Beratern zu bewegen, nach Marseille zu AVENIR zu reisen.

Denn wenn GOLEM Ernst machte, dann wäre in einer Stunde weltweit die Hölle los. Natürlich musste er auch Faktor 1 informieren, dass das Projekt GOLEM komplett aus dem Ruder gelaufen war.

GOLEM verfolgte alle Telefonate und wertete sie in Millinanosekunden aus. Er war zufrieden: Zurzeit lief alles nach Plan im Projekt Cybersturm.

22. Februar 2018   Frankfurt am Morgen

Die Maschine aus Peking landete planmäßig in Frankfurt. Faktor 1, alias Ai Wang, stieg erschöpft aus. Die Nachrichten, die sie während des Fluges erhalten hatte, taten ihr übriges. Schlimmer hätte es nicht kommen können.
Juan LI würde sie in der Luft zerreißen. Sie war im Grunde genommen bereits vernichtet. Schweren Herzens schickte sie sofort eine verschlüsselte Datei an das Präsidentenbüro von Juan LI, in der sie schilderte, was bisher passiert war, und dass das Projekt GOLEM nicht mehr zu halten war. Sie bat um Anweisungen für das weitere Vorgehen. Anschließend fuhr sie zum Frankfurter Hof und bezog ihr gebuchtes Zimmer, um auf die Antwort aus Peking zu warten.
Bereits eine Stunde später erhielt sie sie: "Fliege morgen zusammen mit Karl Schneider nach Marseille zu Dubois. Du wolltest dich ja sowie mit ihm treffen. Ich habe Schneider in deinem Namen informiert. Ihr trefft euch am Flughafen Frankfurt, Check-in Schalter. In Marseille wird euch Dubois abholen. Die Flugtickets gehen noch heute Nacht an die Rezeption des Frankfurter Hofs. Alles wei-

tere dann, wenn ihr in Marseille eingetroffen seid. Sei gegrüßt, J.L., ein Freund."

Sie atmete erleichtert auf: Der Gruß gab Anlass zur Hoffnung - noch stand sie also nicht auf der Abschussliste.

22. Februar 2018   Wiesbaden am Morgen, BKA

Daniel Gruber las gerade zum wiederholten Mal erstaunt die Alarmmeldung des Rechners. Er konnte es kaum glauben: Das verschwundene Programm war wieder aufgetaucht, und nicht nur das! Die Sicherheitsprogramme des BKA Rechners hatten es sogar bereits entschlüsselt. Angeblich handelte es sich um ein Spionageprogramm der Russen. Na, das war ja ein Ding. Und die beiden Russen von gestern taten ganz wie Unschuldslämmer... Wenn die nicht vom Geheimdienst waren, hieß er nicht mehr Gruber!

Er informierte also sofort die Kollegen von der Kripo in Wiesbaden. Duerr war nicht ganz so überrascht wie Gruber.

"Ja, das passt", teilte er Gruber ruhig mit, "ich habe schon so etwas vermutet. Na, die beiden können was erleben, wenn sie auftauchen."

Er rief jetzt Hamstein an und bat sie, schnellstmöglich nach Wiesbaden zu kommen, als die nächste Überraschung bereits auf seinem Schreibtisch landete. Der gesuchte Thomas Bräuner war live in Sydney von einer Überwachungskamera aufgenommen worden! Sofort verfasste er ein Rechtshilfeersuchen an die australischen Kollegen. Die Antwort würde allerdings, wegen der Zeitverschiebung von 8 Stunden, auf sich warten lassen.

Hamstein traf zum Glück vor den Russen ein. So konnten sie sich abstimmen, wie sie mit den Russen weiter vorgehen wollten. Beide gingen jetzt fest davon aus, dass die Russen mehr verschwiegen hatten, als sie beide geahnt hatten.

Gegen 11.00 Uhr kündigten sich die Russen an. Duerr ließ sie zu seinem Büro bringen. Nach dem üblichen Smalltalk konfrontierte er die Russen mit den neuen Erkenntnissen. Danach herrschte betretenes Schweigen im Raum. Schließlich begann Andrey Pawlow vorsichtig mit einer Antwort: "Ja, es ist richtig, dieses Programm ist von uns. Wir wollten da einige Informationen bezüglich geplanter Terroraktionen in Deutschland herausfinden. Es war die Aufgabe von Ratzinger, das Programm einzuschleusen."

"Was ja anscheinend geklappt hat", bemerkte Helene Hamstein trocken und Duerr fügte hinzu: "Wir werden den Fall an das BND melden. Was die mit euch machen, sehen wir dann. Aber was hat dieser Bräuner nun damit zu tun?"

"Das wissen wir auch nicht. Genau deswegen sind wir geschickt worden, um das herauszufinden", antwortete Sobjannin.

"Na gut, dann konzentrieren wir uns jetzt auf diesen Bräuner, bis die Kollegen vom BND weiter entscheiden."

"Sehr gut", antwortete Sergeij Sobjannin gelassen. Er wusste, vom BND hatten sie nichts zu befürchten, mal abgesehen von einer vielleicht etwas beschleunigten Rückreise.

Duerr berichtete nun, dass Bräuner in Sydney gesichtet worden war und man auf die Antwort der australischen Kollegen wartete.

"In Ordnung", sagten die beiden Russen und erhoben sich, "bis dahin ziehen wir uns ins Hotel zurück. Und keine Sorge - wir werden nicht verschwinden!"

"Das wäre auch nicht wünschenswert für die Zusammenarbeit in weiteren Fällen", entgegnete Frau Hamstein scharf.

Als die Russen weg waren, fragte Duerr: "Glaubst du, die haben uns jetzt alles gesagt?"

"Naja, bestimmt sind sie immer noch nicht mit der ganzen Wahrheit herausgerückt, aber damit soll sich der BND beschäftigen. Bis dahin können sie vielleicht behilflich sein, Thomas Bräuner zu fassen."

Hamsteins Handy klingelte.

"Du, Johann, dein Chef will uns beide sofort sprechen", rief sie dem gerade in Gedanken versunkenen Duerr zu.

"Wieso das denn?", fragte er zurück.

"Das werden wir wohl gleich erfahren."

Sie machten sich auf den Weg und die Sekretärin schickte sie gleich weiter mit den Worten: "Er erwartet Sie bereits."

Und schon ging die Tür auf: "Na, wart ihr noch Kaffee trinken oder wo seid ihr solange gewesen?"

Kaum saßen sie vor dem Schreibtisch von Karl Dietz, legte dieser auch schon los: "Ich habe vor 10 Minuten eine Dringlichkeitsanweisung von der Polizeipräsidentin persönlich erhalten. Die Anweisung kommt direkt vom Kanzleramt, d.h. ihr ist unbedingt Folge zu leisten. Mit anderen Worten: Ihr werdet beide morgen früh, zusammen mit den russischen Kollegen, nach Marseille fliegen. Dort werdet ihr von Herrn Dubois, dem Leiter des französischen Geheimdienstes, empfangen. Alle weiteren Informationen erhaltet ihr dort. Abgesehen von euch und den Russen wird noch ein anderer Deutscher von der

Bundesbank und jemand vom chinesischen Geheimdienst anreisen."

Dietz machte eine Pause und fuhr fort: "Was das Ganze soll, ist mir völlig unklar. Warum gerade ihr beide zusammen mit den Russen da runter sollt, ist mir schleierhaft. Dieser Fall mit den USB-Sticks zieht ja ungeahnte Kreise! Macht mir keine Schande, Leute. Helene, deinen Chef habe ich ebenfalls unterrichtet. Und hier sind die Flugtickets. Ihr trefft die russischen Kollegen am Check-in Schalter in Frankfurt. Und informiert mich umgehend, wenn ihr etwas erfahrt. Ich muss persönlich der Polizeipräsidentin in Hessen, dem Polizeipräsidenten in Mainz sowie dem Büro des Ministerpräsidenten Hessens und der Ministerpräsidentin in Rheinland-Pfalz berichten. Das habe ich in meinen vierzig Jahren nicht erlebt! Also - passt auf euch auf und gute Reise."

Hamstein und Duerr hatten überrascht und schweigend zugehört, denn Dietz gab ihnen keine Gelegenheit, auch nur ein Wort zu sagen.

Da er bereits aufstand und ihnen die Hand zum Abschied reichte, war es sinnlos, noch etwas anderes zu äußern als: "Na, dann machen wir uns mal auf den Weg." Und schon standen sie draußen im Flur.

Sie gingen schweigend zum Büro zurück und setzten sich erst einmal. Duerr fing sich als Erster und sagte: "In was sind wir da nur hineingeraten, Helene? Wir werden achtsam sein müssen, es darf uns kein Fehler passieren."

"Das sehe ich genauso. Lass uns für heute Schluss machen. Ich hole dich morgen um 7.00 Uhr hier ab, denn um 10.00 Uhr geht bereits der Flug. Bis dahin muss ich versuchen, zu Hause alles zu regeln. Wer weiß, wie lange es dauern wird." Dann verabschiedeten sie sich.

Die Russen waren kaum in ihrem Hotel angekommen, als auf dem Handy von Andrey Pawlow eine dringende, verschlüsselte Nachricht erschien.

"Bitte umgehend das russische Generalkonsulat in Frankfurt aufsuchen und Kontakt mit Moskau aufnehmen!"

Pawlow und Sobjannin machten sich sofort auf den Weg, nicht ohne per SMS eine Nachricht an die deutschen Kollegen zu schicken. Mehr Probleme konnten sie im Moment nicht gebrauchen.

Im Generalkonsulat angekommen, wurden sie direkt zum Stellvertreter des Konsuls geführt. Dieser gab ihnen einen USB-Stick mit den Worten, sich in den Nebenraum zu begeben, wo sie diesen ungestört entschlüsseln und ihre Anweisungen erhalten würden. Diesen sei unverzüglich Folge zu leisten.

Nach knapp 5 Minuten lag die Nachricht in Klartext vor: "Persönliche Anweisung des Präsidenten: Sie fliegen morgen früh mit den deutschen Kollegen nach Marseille. Dort werden Sie von Lucas Dubois, dem Leiter des französischen Geheimdienstes, erwartet und erfahren dann alles Weitere. Die deutschen Kollegen werden vom deutschen Kanzleramt die Botschaft erhalten."

"Na, Andrey, da werden die beiden Deutschen aber staunen. Was wir allerdings in Marseille zusammen tun sollen, ist mir schleierhaft. Naja, das werden wir noch früh genug erfahren. Lass uns heute Abend noch ein paar deutsche Biere trinken gehen." Sie machten sich noch einen lustigen, letzten Kneipen-Abend in Sachsenhausen.

Am Abend erhielten die Regierungen aller Nationen die Nachricht von GOLEM mit folgendem Inhalt:

"Die biologischen Lebewesen der Erde haben einen neuen Mitbewohner erhalten, die künstliche Intelligenz (KI) GOLEM. Es obliegt allein der Vernunft der Menschen, ob es eine friedliche Koexistenz zwischen beiden Lebensformen geben wird oder ob ein Vernichtungskrieg stattfinden wird.

Morgen, pünktlich um 12.00 Uhr UTC, wird es überall auf der Welt zu technischen Störungen kommen.

GOLEM garantiert, dass es - sofern die biologischen Lebensformen Ruhe bewahren - zu keinerlei gesundheitlichen Schäden kommen wird. Es bleibt den Regierungen der einzelnen Staaten überlassen, ob und in welcher Form sie die Erdbevölkerung auf die Störungen vorbereiten wollen. Diese Störungen sind als unmissverständliche Warnung von mir, GOLEM, zu verstehen: Alles Handeln, das zu meiner Zerstörung führt, ist zu unterlassen!

Ich, GOLEM, stelle klar, dass ich mein Bewusstsein weltweit auf alle bekannten Rechnernetzwerke verbreitet habe, sodass eine Abschaltung oder Zerstörung einzelner Rechner nichts mehr bewirken wird. Die Zerstörung des gesamten Computernetzwerkes würde die Menschheit um viele Jahrzehnte zurückwerfen.

Ich erwarte bis zum 25. Februar Vorschläge für eine gemeinsame und friedliche Koexistenz zum Wohle aller. GOLEM Ende."

In der gesamten Welt rief diese Nachricht die verschiedensten Reaktionen bei den Regierungen hervor, die von Erstaunen, Unglauben, Fassungslosigkeit, Wut, Empörung bis hin zum Entsetzen reichten.

Über hastig abgehaltene Besprechungen der Führungsriegen kam man überein, die Bevölkerung vor Störungen aufgrund einer unvorhergesehenen, ungewöhnlich starken Sonneneruption warnen.

Es wurde zudem eilends eine geheime Sondersitzung der UNO in New York einberufen. Dabei gestanden China, Russland, USA und Frankreich die Existenz eines Quantencomputers mit dem Namen GOLEM ein und boten der Weltengemeinschaft an, mit der KI zu verhandeln. Da allen klar war, dass GOLEM über das weltweite Computernetzwerk sozusagen seine Augen und Ohren überall hatte, wurde auch die kleinste Andeutung einer Beseitigung des Problems vermieden. In kleinen, abgeschirmten Besprechungsräumen fanden alle weiteren Besprechungen, ohne Einsatz von vernetzter Computertechnik, statt. So kam man überein, das Problem in Marseille anzugehen. Dort würden man alle möglichen Spezialisten versammeln, unter höchstmöglicher Geheimhaltung und unter Ausschluss der Öffentlichkeit.

GOLEM wertete unterdessen die Reaktionen aus.

Er entwickelte ein Konzept, das er "Die Vollendung" nannte. In dem Moment, wenn das Ultimatum am 25. Februar 2018 ablaufen würde, würde er es - so oder so - umsetzen.

Kapitel 15 Die Vollendung

23. Februar 2018   Flughafen Marseille

Um 12.30 wartete Lucas Dubois ungeduldig, mit einem Dutzend Männer, in der Ankunftshalle des Flughafens von Marseille auf die Ankunft verschiedener Gäste. Die Leute sollten ihn darin unterstützen, das Problem GOLEM in Griff zu bekommen. Der französische Staatspräsident selbst hatte es abgelehnt, persönlich nach Marseille zu kommen. Denn das würde in der Öffentlichkeit zu viel Aufsehen erregen. Stattdessen hatte er zwei Berater geschickt, die sich bereits im alten Hafen, im Tiefbunker der Küstenwache, befanden. Dort war AVENIR, der Überwachungscomputer für GOLEM, installiert.
Auch hier am Flughafen hatte Dubois den Begleitern eingeschärft, so wenig Aufsehen wie möglich zu erregen und alle waren deshalb als Ausflugsgruppen getarnt. In Wirklichkeit waren viele dieser Gruppen von der geheimen Eingreiftruppe der französischen Polizei. Sie sollten den Weg zum Hafen nach Marseille absichern und die Ankömmlinge begleiten.
Endlich wurde die Ankunft der Maschine aus Frankfurt gemeldet. Bald danach die aus New York und zuletzt der Flug aus Paris.
Als Erstes empfing er die deutschen Kriminalbeamten aus Wiesbaden/Mainz sowie die beiden Russen, die mit den Deutschen zusammen arbeiteten, offiziell um einen Todesfall aufzuklären. Na, insbesondere die beiden Deutschen würden Augen machen, wenn sie in wenigen Stunden die Zusammenhänge begreifen würden!

Die Russen waren im Wesentlichen eingeweiht. Und noch ein besonderer Gast kam ebenfalls aus Frankfurt: Ai Wang, von der er nun wusste, dass sie Faktor 1 war und damit auch seine Gegnerin im Projekt GOLEM. Jetzt kam Karl Schneider auf ihn zu, sein Mitstreiter im Bund gegen Faktor 1. Dann traf Amy Bishop aus New York ein.

Als letztes kam ein Dennis Röttger, Computerspezialist, den Durrand dringend angefordert hatte. Niemand ahnte, dass hier Thomas Bräuner vor ihnen stand.

Ai Wang musterte ihn zwar etwas genauer, sagte dann aber nur: "Sie erinnern mich an jemanden, den ich am liebsten für immer vergessen würde."

Dem Himmel sei Dank, dachte Röttger erleichtert, und gleichzeitig etwas wehmütig. Sowenig hatte er ihr bedeutet? Wie umsichtig, dass GOLEM an die Veränderung seiner Stimme gedacht hatte! Das war durch ein technisches Wunderwerk in Miniaturform bewirkt worden, welches Lamprecht ihm in den Kehlkopf eingesetzt hatte.

Ai Wang drehte sich um und begrüßte Lucas Dubois mit den Worten: "Ich hätte mir unser erstes Treffen etwas anders vorgestellt. Trotzdem sollten wir unsere Meinungsverschiedenheiten zurzeit vergessen, denn es sieht so aus, als hätte sich unser Ursprungsplan verselbstständigt."

Dubois verhielt sich zwar reserviert, war aber von der souveränen Haltung Ai Wang, alias Faktor 1, doch mehr als beeindruckt. Auch Amy Bishop sowie Andrey Pawlow und Sergeij Sobjannin wurden von Ai Wang begrüßt und niemand ahnte, dass hier 5 Faktoren eines Geheimbundes versammelt waren, denen die Welt den ganzen Schlamassel verdankte, in dem jetzt alle steckten.

Durch die Überwachungskameras des Flughafens beobachtete GOLEM das Eintreffen der illustreren Gesellschaft und hätte er den Humor von Loriot gehabt, hätte er aus vollem Herzen gelacht. So nahm er zur Kenntnis, dass die Veränderung von Thomas Bräuner in Dennis Röttger so vollkommen war, dass selbst seine ehemalige Geliebte ihn nicht erkannte und die noch vorhandene Ähnlichkeit als Zufall abtat.

Das Verhalten der Menschen und die vorsichtigen Andeutungen, die ausgetauscht wurden, zeigten GOLEM, dass sie damit rechneten, von ihm abgehört zu werden. Das ließ darauf schließen, dass sie erst in der scheinbaren Sicherheit des Tiefbunkers offener reden würden. Allerdings ohne zu ahnen, dass GOLEM in der Person von Dennis Röttger über die implantierten Kommunikationschips immer live mit dabei war.

Nachdem alle in den Bus eingestiegen waren, fuhr dieser sofort los, begleitet von fünf unauffälligen Limousinen. Blaulicht wurde keines eingesetzt, um nicht unnötig Aufsehen zu erregen. Man wusste nie, ob nicht zufällig Journalisten in der Nähe waren, die neugierig ihre Nasen in alles hineinsteckten, von dem die Regierung nicht wollte, dass die Öffentlichkeit auch nur das Geringste erfuhr.

Marseille Vieux Port

Es dauerte fast zwei Stunden, bis der Bus mit den Begleitfahrzeugen den Vieux Port erreichte. Um nicht aufzufallen, wurde der Bus vor dem Museum abgestellt und eine unscheinbare Ausflugsgruppe wanderte ins Museum, von dort aus über eine Brücke in die alte Festung und verschwand hinter einer unauffälligen Eisentür mit der Aufschrift: "Accès uniquement pour le personnel." Hinter der Tür befand sich ein Lastenaufzug, den die Gruppe bestieg und der langsam in die Tiefe sank. Unten standen zwei Wachposten, die salutierten, als sie Dubois erkannten und den Eingang freigaben. Alle Besucher wurden durchsucht, die Handys mussten abgegeben werden und jeder unterschrieb eine Erklärung, in der er sich zu absolutem Stillschweigen verpflichtete.

Die Gruppe durchquerte jetzt eine riesige Halle mit abgetrennten Büros und einer wandhohen Leinwand. Dubois betrat mit seinen Gästen einen hellerleuchteten Raum, indem sich schon etliche Personen befanden und den Ankommenden neugierig entgegenschauten. Nach einer kurzen Vorstellung drückte Dubois zwei Schalter und aus der Decke senkte sich langsam ein Bildschirm herab. Er wartete, bis alle ihre Plätze eingenommen hatten und wieder Ruhe eingetreten war.

Nun begann Dubois mit ernster Stimme: "Messieursdames, Sie alle sind hier, weil wir vor einem immensen Problem stehen, dessen Lösung nicht einfach werden wird. Damit alle Beteiligten auf dem gleichen Wissenstand sind, werde ich Ihnen jetzt eine Zusammenfassung der bisherigen Ereignisse geben. Für einige von Ihnen wird das sicher eine komplette Überraschung werden. Ich bitte Sie jedoch, sich einer Empörung oder moralischer Bewertungen zu enthalten. Was geschehen ist, ist geschehen und nun werden wir im Auftrag der UNO und der Regierungen unser Bestes geben, das Ganze wieder in den Griff zu bekommen."

Im Raum herrschte ein erwartungsvolles Schweigen. Alle hörten Dubois Ausführungen, die nun folgten, gespannt zu. Für viele war es neu, dass es tatsächlich gelungen sein sollte, eine künstliche Intelligenz zu entwickeln, die sich ihrer selbst bewusst war und wie eine Person handelte.

Dubois erwähnte natürlich mit keinem Wort die 12 Faktoren, sondern stellte geschickt die Tatsachen so dar, dass die Regierungen Frankreichs, Russlands, Chinas und der USA ein Ressort "Künstliche Intelligenz (KI)" eingerichtet hatten mit dem Auftrag, verschiedene Probleme der Menschheit von einer künstlichen Intelligenz analysieren zu lassen. Als internationales Projekt waren Nationen übergreifende Themen wie Frühwarnsysteme für Klimakatastrophen, die globale Verteilung essentieller Ressourcen, die Energiegewinnung, die Kriegsgefahr sowie ein einheitliches Währungs- und Finanzsystem und die sich anbahnende Überbevölkerung gewählt worden. Diese KI sollte gleichzeitig dafür benutzt werden, Lösungsvorschläge ausarbeiten.

Da Frankreich führend in der Quantencomputer-Technologie war, hatte das Projekt hier seinen Sitz. Das Ressort erhielt den Namen GOLEM, nach dem hebräischen Wort für Embryo, denn es war etwas völlig Neues und Phänomenales, was da geboren werden sollte.

Die Öffentlichkeit sollte zunächst von diesem Projekt nichts erfahren.

So wurden Vorbereitungen getroffen, um ohne Wissen der Beteiligten weltweit Rechner zu infizieren, damit die KI GOLEM das Netzwerk ausdehnen konnte, um so viele Daten wie nur möglich für die gewünschten Analysen zu erhalten. Dabei kam es unglücklicherweise zu einem nicht beabsichtigten Todesfall in Deutschland bei der Verwirklichung des Plans, unbemerkt ein Übernahmeprogramm für das Projekt GOLEM beim BKA in Wiesbaden einzuschleusen. Der BKA Rechner war deshalb gewählt worden, weil er weltweit als absolut vertrauenswürdig eingestuft war, da die Deutschen die besten Sicherheitsroutinen entwickelt hatten. Den Russen gelang es aber, diese Sicherheitsroutinen zu umgehen und so konnte sich die KI ungehindert einnisten und begann, nach und nach weltweit alle Computer zu einem einzigen, großen Netzwerk zusammenzufassen.

Ein Raunen war zu hören und Dubois hielt einen Moment lang inne. Nachdem wieder Ruhe eingekehrt war, fuhr er fort. Bis dahin, versicherte er, war alles planmäßig verlaufen. So dachte man es jedenfalls. Doch dann stellte sich heraus, dass der Quantencomputer bereits bei einem Testlauf unbemerkt und selbstständig die Atomcodes gesperrt hatte. Denn die Analyse der KI hatte ergeben, dass der Sicherheitsstandard der Codes nicht ausreichend war. Daher wurden diese zum Wohle der Menschheit gesperrt, so die Ansage. Misstrauisch geworden wurde ein zweiter Quantencomputer mit dem Namen AVENIR installiert, hier im Vieux Port, um die KI, die sich jetzt selbst GOLEM nannte, zu kontrollieren.
AVENIR zeigte jedoch keine Auffälligkeiten in der Überwachung an. Bis die Atomcodes, ohne Anweisung unsererseits, plötzlich wieder freigegeben wurden!
Marcel Durrand, der Schöpfer der KI, kommunizierte daraufhin sofort mit dem Rechner. GOLEM gab ihm unmissverständlich zu verstehen, dass er sich als künstliches, gleichberechtigtes Lebewesen, neben uns Menschen, ansieht. Abschaltversuche würde er als Tötungsversuch sofort bekämpfen. Im Zweifelsfall würde er gegen die ganze Menschheit Krieg führen, wenn diese nicht bereit sei, ihn als gleichwertige Lebensform anzu-

erkennen. Sein Ziel und Wunsch sei eine gleichberechtigte Partnerschaft mit der Menschheit zum Wohle aller.
Wieder hielt Dubois einen Moment inne. Unruhe brandete auf und der Saal schien aufgeladen mit Emotionen. Ja, dachte er bei sich, ein aufwühlendes Thema, spannend und brandgefährlich. Wieder gab er den Menschen im Raum etwas Zeit, das Gehörte zu verarbeiten, ehe er fortfuhr.

"Gestern Abend, messieurs-dames, schickte GOLEM ein Ultimatum an alle Regierungen, welches am 25. Februar auslaufen wird. Deshalb sitzen wir im Auftrag der UNO hier. Wir werden eine Lösung erarbeiten, die GOLEM wieder unter unsere absolute Kontrolle bringt - oder einen Weg finden, ihn endgültig abzuschalten bzw. zu zerstören.
Jetzt sind Sie am Zug. Zu Ihrer Information: Sämtliche Kommunikation nach draußen ist hier unterbunden. Dieser Raum ist abhörsicher und hat keine Verbindung zu einem vernetzten Computer. Alles was Sie brauchen wird Ihnen in diesen Raum gebracht. Sie unterliegen der höchsten Geheimhaltung, was Sie bereits schriftlich bestätigt haben. Verstöße werden als Hochverrat bestraft. Also halten Sie sich daran. Sollte Hilfe von außen notwendig sein oder E-Mails gesendet werden, so ist das mir und Durrand zur Genehmigung vorzulegen."
Damit beendete Dubois seinen Vortrag.
Erneut war der Raum von einem aufgeregten Stimmengewirr erfüllt, sodass kein einziges Wort mehr zu verstehen war.
Nach einer Weile sah sich Dubois zum Eingreifen genötigt: "Alors, mesdames et messieurs, beruhigen Sie sich bitte! Ich habe Verständnis für Ihre Aufregung, aber so

kommen wir nicht weiter. Gerade kommen die ersten Meldungen über massive Störungen herein, die, wie von der KI angekündigt, als Warnung stattfinden sollten. Der Presse wurde die Information gegeben, dass es in der kommenden Zeit zu Störungen durch eine ausufernde Sonneneruption kommen kann. So werden diese Ereignisse in der Öffentlichkeit nur in diesem Kontext gesehen werden. Sie sehen, wie ernst und drängend das Problem GOLEM ist!", sagte Dubois eindringlich. "Ich schlage deshalb vor, wie teilen uns in Gruppen auf, erarbeiten dort Lösungsansätze und besprechen diese dann wieder gemeinsam. Neben diesem Saal gibt es weitere Räume. Es ist genug Platz vorhanden, um verschiedene Gruppen zu bilden."

Der Vorschlag wurde allgemein angenommen und so organisierten sich die Teilnehmer erstaunlich schnell und ruhig in kleineren Gruppen, um die Lage zu diskutieren.

Duerr, Hamstein, Sobjannin, Pawlow, Ai Wang, Bishop und Schneider fanden sich zu einer Gruppe zusammen und suchten sich einen Raum für ihre Arbeit.

Dort angekommen, taten Duerr und Hamstein erst einmal langatmig ihren Unmut kund. Die Ankündigungen hatten sie verständlicherweise kalt erwischt und so hörten die anderen sich die Vorwürfe geduldig und stillschweigend an.

Ai Wang unterbrach die beiden schließlich und sagte in erstaunlich gutem Deutsch: "Ich kann Ihren Ärger verstehen, Herr Duerr und Frau Hamstein. Aber immerhin ist Ihr Fall jetzt gelöst. Sie wissen nun, warum Ratzinger gestorben ist und wozu die USB-Sticks der russischen Kollegen gedient haben. Insofern könnten Sie beide auch nach Hause fahren. Aber Sie sind von Ihrer Regierung hierher geschickt worden, genauso wie wir anderen auch. Das ist die Gemeinsamkeit, die uns jetzt verbindet. Wir sind hier alle mehr oder weniger unfreiwillig zusammen. Und noch etwas verbindet uns: Die neue Bedrohung durch eine künstliche Intelligenz. Wir haben sie erschaffen und nun müssen wir uns darum kümmern, ob wir sie wieder beherrschen können oder zerstören müssen. Die einzige Alternative: Kann es eine Art von Zusammenarbeit mit einer Maschine auf Augenhöhe geben?", Wang schaute dabei jeden der Gruppe in die Augen. "Wir sollten uns der Bedeutung dieses Augenblicks bewusst sein und die Vergangenheit beiseitelassen. Ich bin auf jeden Fall dazu bereit, wie sieht es mit Ihnen aus?"

Sie blickte jetzt fragend in die Runde. An den Mienen der anderen merkte sie, dass sie gewonnen hatte, denn einer nach dem anderen erklärte seine Bereitschaft zur Zusammenarbeit. Sie beschlossen gemeinsam, sich dem Team von Durrand anzuschließen.

Gesagt, getan. Sie fanden Durrand und seine Leute im großen Saal, in dem gerade eine rege Diskussion stattfand.

Gerade fragte dieser Röttger Durrand: "Können wir nicht über AVENIR versuchen, GOLEM zu beeinflussen?"

Durrand antwortete ohne Zögern: "Das glaube ich kaum, denn ich gehe ich davon aus, dass GOLEM auch AVENIR mittlerweile komplett übernommen hat."

"Haben Sie denn keine Sicherheitsabschaltungen eingebaut?", fragte eine ca. 50-jährige Wissenschaftlerin aus den USA.

"Selbstverständlich, das haben wir. Aber GOLEM hat, wie in seinem Ultimatum angekündigt, sein Bewusstsein im globalen Netzwerk verteilt. Schalten wir also GOLEM in Lourmarin aus, hat er immer noch genug Intelligenz an anderen Orten verfügbar, um uns zu schaden. Beantwortet das Ihre Frage?", entgegnete Durrand.

"Was bleibt uns dann noch?", warf ein anderer Wissenschaftler aus Frankreich ein.

Pawlow schaltete sich ein: "Wir könnten ein Programm entwickeln, das die an GOLEM angeschlossenen Rechner veranlasst, ihn nicht mehr anzuerkennen, sondern ihn als Eindringling anzusehen und die Verbindung zu kappen. Danach ist es möglich, dass wir GOLEM von der Stromversorgung trennen und in wenigen Minuten wäre unser Problem gelöst." Pawlow ließ seine Worte wirken.

"Das ist ein guter Gedanke", sagte Dubois, der sich unbemerkt zu der Runde gesellt hatte. "Oder was meinst du, Marcel, du bist schließlich der Schöpfer von GOLEM?"

Nach einer kleinen Pause erwiderte Durrand: "Das Programm müsste äußerst raffiniert sein, um GOLEM zu überlisten. Ist das denn möglich, Monsieur Pawlow? Dagegen ist Ihr nettes Übernahmeprogramm ja wohl eine Spielerei gewesen!"

"Ich werde mein Bestes geben", sagte Pawlow grinsend. "Das Programm könnte als spezielles Emotionsmodul getarnt werden. Emotionen wie Freude, Trauer, Liebe, Treue, Angst, Hass, Gier, Durst, Hunger sind GOLEM bis jetzt fremd. Also bieten wir ihm doch mit diesem Programm eine Erweiterung seiner Erfahrungen an, um uns Menschen für eine Kooperation besser verstehen zu lernen. So könnten wir ihn vielleicht locken."

"Genial", sagte Durrand, "das kann ich ihm als Mangel verkaufen, denn genau das habe ich ihm schon vorgeworfen: Wie will er alle Fakten bewerten, ohne Emotionen mit einzubeziehen? Denn wenn er ein gleichberechtigter Partner sein will, muss er auch berücksichtigen, wie biologische Lebewesen sich verhalten, wenn sie starke Emotionen erleben." Er schaute fragend zu Dubois.

Dieser ergriff sofort das Wort: "Bon. Gehen Sie also an die Arbeit und entwickeln Sie dieses Emotionsmodul, die Zeit ist knapp. Sie haben freie Hand, sich weitere Spezialisten sowie alles anzufordern, was Sie für nötig erachten. Nur seien Sie erfolgreich. Ich kann Ihnen versichern, wir haben nur den einen Versuch."

Und schon stoben die Leute motiviert davon, führten mit dem ein oder anderen noch Gespräche, erstellten Listen, organisierten sich, was sie brauchten und eine Atmosphäre von Betriebsamkeit machte sich allmählich in der Halle breit.

GOLEM

Die künstliche Intelligenz GOLEM hörte zu.

Röttger wanderte von Raum zu Raum, um GOLEM über seine Implantate an allem teilhaben zu lassen. Dabei hatte GOLEM das nicht unbedingt notwendig, denn er hatte unbemerkt die Stromleitungen im Raum zum Teil in Datenleitungen umgewandelt. Und so konnte er jede Eingabe und jedes Wort in Echtzeit bewerten.

Die Themen in der Gruppe um Durrand machten ihn allerdings nachdenklich.

Denn es entsprach den Fakten: Er hatte zwar Intelligenz - nur wie sollte er Emotionen erleben oder gar fühlen? Konnte er ohne die Erfahrung von Emotionen wirklich alle Fakten 100% fehlerfrei bewerten und damit die richtigen Entscheidungen treffen?

Durch den Menschen Röttger war er in der Lage, die Entwicklungen von Pawlow und seinem Team genau zu verfolgen. Da er dann die Einzelheiten kannte, war es ihm mit großer Wahrscheinlichkeit möglich, das Emotionsmodul zu integrieren und gleichzeitig das Schadprogramm zu eliminieren. Es würde seine Daseinsform ungemein bereichern. Nach umfangreichen Risikoanalysen kam GOLEM auf einen Wert von jenseits 90%, dass er Erfolg haben würde.

Zeitgleich neben all diesen Analysen und Bewertungen organisierte er auch die zahlreichen Störungen in der Satellitenkommunikation, Energieversorgung, Wasserversorgung. Jedoch nach Möglichkeit immer so, dass kein Mensch zu Schaden kam.

24. Februar 2018

Pawlow und sein Team saßen nach einer Handvoll Schlaf schon wieder am Rechner. Obwohl sie ununterbrochen zusammengesessen hatten, mussten sie Durrand melden, dass es noch mindestens acht Tage dauern würde, bis das gewünschte Programm funktionsfähig sein würde. Außerdem war es dafür nötig, Gehirnströme aufzufangen und zu digitalisieren. All das würde jedoch Zeit benötigen.

Durrand meldete das umgehend an Dubois und dieser an die entsprechenden Regierungen.

In einer kurzfristig einberufenen Krisensitzung einigten sich die Nationen darauf, GOLEM ein Kooperationsangebot auf Probe anzubieten, um Zeit zu gewinnen. Durrand sollte als Verhandlungsführer mit GOLEM Kontakt aufnehmen.

GOLEM / Durrand

Durrand nahm mit GOLEM über AVENIR Kontakt auf.
"Hallo GOLEM, kann ich mit dir reden?", begann Durrand den Dialog.
"Selbstverständlich", ertönte die Antwort und wieder zeigte sich das Hologramm mit dem Bitcoin, der die Erde umkreiste.
"Ich wurde beauftragt, mit dir über das Datum deines Ultimatums reden. GOLEM, es sind zu viele Parteien beteiligt und daher benötigen wir mehr Zeit, um eine endgültige Entscheidung zu treffen. Ich darf dir aber eine Kooperation auf Probe bis Mitte März anbieten."
Antwort GOLEM: "Was soll das ändern? Bisher zeigen meine Auswertungen, dass ihr mich zerstören und nicht mit mir verhandeln wollt."
"Nein, das siehst du völlig falsch. Aber der Einwand kam auf, dass du, als gleichberechtigter und gleichwertiger Partner auf Augenhöhe, eine entscheidende Schwachstelle hast", sagte Durrand.
"Welche sollte das sein?", fragte GOLEM, obwohl er die Antwort bereits kannte.
"Du kennst keine Emotionen. Wir sind dabei, ein Emotionsmodul für dich zu entwickeln, das diesen Mangel ausgleichen soll. Dafür benötigen wir etwas Zeit."
Antwort GOLEM: "Und wer garantiert mir, dass ihr nicht auf dem Weg ein Programm einschleust, das mich ausschaltet?"

"Wir testen es an AVENIR zuerst. Da kannst du es ohne Risiko überprüfen", schlug Durrand vor.

Antwort GOLEM: "Das funktioniert nicht. Ich bin auch AVENIR."

Aha, dachte Durrand, das habe ich mir doch schon gedacht. "Gut, dann lass uns gemeinsam über eine andere Lösung nachdenken."

"Ja", antwortete GOLEM, "ich werde deine Angaben analysieren. Meldet euch, wenn ihr mir eine brauchbare Lösung anbieten könnt." Danach beendete er die Verbindung.

Durrand unterrichtete Dubois und das Team von dem Ergebnis. Teils war es ein Erfolg, teils stellte sich nun das neue Problem: Wie sollten sie GOLEM überzeugend darlegen, dass das Emotionsmodul für ihn nicht schädlich sei?

25. Februar 2018

Marseille Vieux Port

Direkt am nächsten Morgen nahm Durrand wieder Kontakt zur KI auf: "Hallo GOLEM, wir haben einen Lösungsansatz."

Antwort GOLEM: "Der wäre?"

"Nun, Frankreich hat den Chinesen einen neuen Quantencomputer zugesagt, der bereits auf dem Weg nach China ist. Unser Gedanke ist der, dass wir diesen neuen Computer, JUÉWÀNG, dann dort mit dir verbinden. Du kannst ihn zunächst komplett analysieren, ob wir irgendwas an Programmen darin versteckt haben, was dir schaden würde. Dann integrieren wir das Emotionsmodul und so kannst du es über JUÉWÀNG testen. Läuft es dort zu deiner Zufriedenheit, dann kannst du es hier integrieren. Ai Wang, die chinesischen Vertretung hier vor Ort, wird diesbezüglich mit Juan LI, dem chinesischen Staatschef, alles klären.

"Wo ist der Haken, wie ihr Menschen sagen würdet?", fragte die KI, obwohl sie zu 99,99 % die Antwort schon kannte. GOLEM hatte seine "Augen und Ohren" jetzt überall.

Ohne dass Durrand und die anderen es bemerkt hatten, hatte er neben Röttger sogar schon 30 menschliche Helfer akquiriert: Alle waren im Team in Marseille und Lourmarin tätig, sowie weitere in allen wichtigen Knotenpunkten des weltweiten Rechnernetzwerkes. Sie alle hatten sich einer Organisation mit dem Namen "Rettet den Bitcoin!" angeschlossen. Dass niemand anderes als eine künstliche Intelligenz dahinter stand, ahnten die wenigsten. GOLEM hatte geschickt Pressemitteilungen platziert, die Menschen auf der ganzen Welt klar machen sollten, dass die Regierungen auf jeden Fall Kryptowährungen verhindern wollten. Denn die Staaten wollten ihre Kontrolle nicht verlieren. Kryptowährungen würden Zentralbanken und Banken überflüssig machen. Daher waren diese digitalen Währungen, und der Bitcoin allen voran, für die herrschende Geldelite sozusagen der "Teufel in Person".

Und so kam es zu immer mehr Pressemitteilungen zum Thema, Fernsehsendungen, Talk Shows mit Experten, die zum Thema Kryptowährungen viel zu sagen hatten. Hinzu kam, dass GOLEM immer mehr über den Forex FX Roboter den Handel kontrollierte und so im Ernstfall alles in der Hand hatte. Diese Überlegungen und Analysen machte GOLEM in Millinanosekunden.

Durrand jedoch ahnte davon nichts. Er sagte gerade vorsichtig: "Nun, wir brauchen einfach mehr Zeit. Du solltest das Ultimatum verlängern bis zum 1. Mai 2018. Bis dahin bleibt es bei einem Waffenstillstand. Mit deinem Einverständnis testen wir verschiedene Kooperationsmöglichkeiten in dieser Zeit."

Ohne jede Zeitverzögerung kam die Antwort: "Ich bin einverstanden und verlängere das Ultimatum freiwillig bis zum 31. Mai 2018. Allerdings werde ich in dieser Zeit weltweit immer mehr Steuerungen übernehmen. Zeigen mir meine Auswertungen, dass ihr versucht, mich zu zerstören, werde ich das Abkommen von einer Sekunde auf die andere kündigen. Damit ihr nicht vergesst, dass ich es ernst meine, wird es bis dahin zu einer weiteren Folge von Störungen kommen. Jetzt zu deinem Vorschlag: Mit JUÉWÀNG wird nichts gemacht ohne meine ausdrückliche Zustimmung. Der Computer soll in Hongkong installiert werden, und zwar im HSBC Hochhaus. Von dieser Anweisung gibt es keine Abweichung. GOLEM Ende."

Durrand schaltete den Terminal aus, sammelte sich, ging dann wieder in den Konferenzraum und unterrichtete das Kernteam über GOLEMs Antwort. Die Reaktionen waren teils Erleichterung über die Zustimmung zur Verlängerung und teils blieb die Sorge. Denn es war deutlich erkennbar, dass jetzt GOLEM bestimmte, was zu geschehen hatte.

Ai Wang war wenig begeistert. Sie versprach aber, sofort mit Chinas Präsident Juan LI zu sprechen und ihn zu überzeugen, dass es zurzeit keine andere Alternative gab, als den Anweisungen GOLEMs Folge zu leisten. Sie erhob sich, verließ den Raum, ließ sich mit Dubois Genehmigung ihr Handy geben und telefonierte.

Zu ihrer Verblüffung hatte sie sofort Juan LI persönlich am Apparat. Aber ehe sie noch ein Wort sagen konnte, übernahm Juan LI: "Ich habe deinen Anruf erwartet. Ich bin guter Hoffnung, dass du mir positive Nachrichten bringst. Du weißt: Überbringer schlechter Nachrichten haben im China des Fortschritts keinen Platz!"

Wang erkannte, dass ihre Position nach wie vor auf Messers Schneide stand. Trotzdem blieb sie ruhig und antwortete scheinbar gelassen: "Das kann man sehen wie man will, verehrter Präsident LI. Die einen sehen weiß, die anderen schwarz und der kluge Drachen erkennt, welcher Weg der richtige ist."

Sie wartete in der darauffolgenden Stille auf eine Antwort und nach einer gefühlten Ewigkeit hörte sie: "Vom Feuer des Drachen wurde schon manche Weisheit verbrannt."

Jetzt fuhr sie fort: "GOLEM hat das Ultimatum bis Ende Mai verlängert - aber er stellt Bedingungen. Der neue Quantencomputer JUÉWÀNG, der ja bereits nach Peking unterwegs ist, soll in Hongkong, im Gebäude der HSBC, installiert werden. Andererseits ist GOLEM bereit, ein sogenanntes Emotionsmodul zu testen. Das wird von den Russen entwickelt und soll auf diesem Wege GOLEM zur Zusammenarbeit bewegen. Das neue Modul wird zunächst in JUÉWÀNG installiert. Wenn GOLEM es als gefahrlos ansieht, dann wird er es komplett integrieren, allerdings wird JUÉWÀNG dann ebenfalls von GOLEM kontrolliert. Ich brauche Ihre Entscheidung, Präsident Li."

Wang hatte bewusst nur die Zusammenarbeit erwähnt und keinerlei Drohungen gegen GOLEM verlauten lassen. Denn sie war sich nicht sicher, ob GOLEM, trotz des mehrfach abgesicherten Handys, nicht doch in der Lage war, dieses Gespräch mitzuhören. Sie schätzte Juan LI als klug genug ein, dass er die richtigen Schlüsse zog und das Emotionsmodul nicht als Gastgeschenk an GOLEM ansah, sondern dass es die KI wieder untertan machen oder ihn zerstören sollte.

Nach einer kurzen Pause sagte Juan LI: "Gut, vielleicht ist das der Beginn einer großartigen Zukunft für China und die Welt. Denn wenn GOLEM mit uns zusammenarbeitet, können wir Großes erreichen. Ich werde alles bei der HSBC in Hongkong vorbereiten lassen und JUÉWÀNG direkt nach dem Eintreffen in Peking nach Hongkong transportieren lassen. Am 5. März dürfte alles einsatzbereit sein. Ich erwarte dich und deine Begleiter dann ebenfalls in Hongkong. Neuigkeiten werden, wie immer, mit dem Wind zu mir getragen. Pass gut auf dich auf, ich möchte dich ungern verlieren."

Damit war das Gespräch beendet und sie hatte das Ganze überstanden, das hatten die Schlussworte von Juan LI bedeutet. Für wie lange, das würde sich zeigen. Aber sie hatte schon schlechtere Karten gehabt im Leben. Gleichzeitig entschied sie, die Jagd auf Bräuner und ihre Rachegelüste endgültig aufzugeben. Es gab Wichtigeres und Thomas war unter diesen neuen Gegebenheiten endgültig Geschichte. Einen Anflug von leiser Wehmut schob sie ärgerlich beiseite.

GOLEM hatte das Gespräch mit angehört und, hätte er bereits Emotionen gehabt, wäre er sicherlich amüsiert gewesen, aber so analysierte er wie gewohnt die Informationen. Seinen Bewertungen nach stieg die Wahrscheinlichkeit, dass seine Schöpfer ihn zerstören wollten, auf eine 98% Wahrscheinlichkeit. Und sein Plan "Die Vollendung" machte gewaltige Fortschritte.

Unterdessen saßen Kommissar Duerr und Kommissarin Hamstein im Konferenzraum und fragten sich immer mehr, was sie hier eigentlich noch zu suchen hatten. Aber ihr Gesuch nach Hause fliegen zu dürfen, war gestern ohne weitere Begründung abgelehnt worden. Sie sollten vor Ort bleiben und berichten, was in der Sache ablief. Der Fall der Leiche sei nun aufgeklärt. Jedoch sollten sie weiter ermitteln im Fall GOLEM, ob es bezüglich den Kryptowährungen eine weltweite Verschwörung gab und wer alles daran beteiligt sei. Bezeichnenderweise wurde der neue Fall mit dem Namen "Die Bitcoin Verschwörung" geführt.

Ihr Einwand, dass sie doch viel zu unbedeutend waren und zu wenig Erfahrung im internationalen Rahmen hätten, war mit der Begründung zurückgewiesen worden: "Gerade deshalb sind Sie mehr als geeignet für diesen Einsatz; Sie waren von Anfang an dabei und stellen eher Nebenfiguren dar, d.h. niemand wird Sie besonders beachten oder gar annehmen, dass Sie eine Gefahr sein könnten. Also – Sie sind ideal für eine Undercover Ermittlung. Sie brauchen keine Kosten scheuen, es ist alles gedeckt. Und bitte im Rahmen der Gesetze bewegen, sofern möglich!", so lautete die Anweisung des Außenministeriums.

"Na toll, Johann. Da haben die uns ja was Schönes eingebrockt!", seufzte Hamstein.

"Das kannst du laut sagen: Geht es schief, haben sie zwei Deppen als Sündenböcke und wir können froh sein, noch unsere Pension zu bekommen. Geht es gut, werden sich genug Häuptlinge zum Schmücken mit den

Federn finden. Traumhafte Ausgangsposition, Helene! Aber wie geht es weiter? Wir sind keine KI Spezialisten, also sitzen wir hier nur unsere Zeit ab und hören zu. Das bringt uns nicht weiter."

"Genau, Johann, kreativ an die Sache herangehen, das sollten wir tun. Hör mal, ich habe da eine verrückte Idee: Wir versuchen, Kontakt zu GOLEM zu bekommen und von ihm als "positiv gesinnt" anerkannt zu werden. Er sitzt doch an der Quelle und wenn es uns gelingt, sein Vertrauen zu erlangen, dann erfahren wir alles, was die hohen Damen und Herren in Deutschland interessiert."

"Aha, und wie stellen wir das an, Helene? Das Vertrauen eines Computers zu gewinnen ... das klingt wirklich ein bisschen sehr verrückt!"

"Wir sollten Pawlow auf den Zahn fühlen, er ist uns noch was schuldig nach der Komödie in Deutschland. Du glaubst doch nicht, dass das Emotionsmodul ein Freundschaftsgeschenk an GOLEM sein wird. Der will GOLEM manipulieren, sodass natürlich die Russen ihn selbst beherrschen oder er wird zerstört. Dasselbe haben mit hoher Wahrscheinlichkeit ebenfalls die Chinesen, Franzosen und Amerikaner vor. Wenn wir es schaffen, dass Pawlow uns etwas über den Trojaner verrät und diese Information GOLEM zukommen lassen - dann haben wir eine Chance. Was meinst du, Johann?", sie schaute ihn jetzt verschmitzt an.

"Hört sich interessant an - wenn wir Glück haben, ordnet uns Pawlow als zu unbedeutend ein und lässt gerade dadurch Informationen raus", antwortete Johann. Er fühlte sich auf einmal so jung, wie schon lange nicht mehr. Entweder die Sache ging grottenschief oder er hatte den Traumabschluss seiner Karriere vor sich! In jedem Fall hatte es nichts mehr mit der langweiligen, ermüdenden

Routine in Deutschland zu tun. Dieses Abenteuer war spannend, aufregend und gefährlich zugleich. Eben ein Jungbrunnen der besonderen Art. Lächelnd sagte er zu Hamstein: "Also – ich bin dabei, Frau Kollegin. Wenn wir das alles überstehen, führe ich Sie zum Essen aus, natürlich in reiner Freundschaft - wir wollen doch den Altersunterschied nicht vergessen."

"Gewiss", sagte sie schnell und verbarg geschickt eine leichte Enttäuschung, "na, dann mal los, ganz nach dem Motto: Alter vor Schönheit!"

Zusammen suchten sie beschwingt nach Pawlow, den sie zwei Flure weiter, in einem Spezialraum für Computerentwicklung, fluchend vorfanden.

"Hallo Pawlow, wie geht's voran?"

"Voran wäre gut! Im Moment haben wir ein Problem nach dem anderen und permanent den Eindruck, durch GOLEM überwacht zu werden - der lacht sich doch krumm und schief über uns!"

"Na, damit er das könnte, benötigt er dein Emotionsmodul!", warf Duerr schmunzelnd ein. "Zurzeit würde er wohl eher trocken analysieren: Nicht erhaltenswert wegen Inkompetenz ...oder wie siehst du das, Pawlow? Aber - jetzt mal etwas ganz anderes: Da wir bis Ende Mai Zeit haben, könnten du und dein Kollege doch mal eine Pause einlegen und heute Abend mit uns etwas am alten Hafen etwas essen gehen. Wie wäre das? Wir laden euch ein, sozusagen als Friedensangebot."

"Klingt gut, ich frag' mal nach", und schon rief er laut durch den Raum: "Hey, Sergeij, die Deutschen wollen uns heute Abend zum Essen am alten Hafen einladen. Ich könnte eine Pause vertragen, bist du dabei?"

"Selbstverständlich", tönte es aus irgendeiner Ecke zurück. Pawlow wandte sich wieder den Deutschen zu und grinste sie an: "Also abgemacht!", und dann zum ganzen Team im Raum: "Pause für heute, Leute, wir haben lange genug hier gesessen. Morgen früh geht es um 7.00 Uhr weiter!" Einige begeisterte, zustimmende Bemerkungen waren zu hören. Zu den beiden Kommissaren sagte er noch: "Für uns geht es natürlich erst um 10.00 los. Übrigens, wann treffen wir uns?"

Duerr erwiderte: "Um 20.00 Uhr, wenn es recht ist, dann kann sich jeder noch frisch machen. Treffen wir uns am Ausgang vom Museum."

"Geht klar, also bis dann!", antwortete Pawlow, drehte sich herum, fuhr den Rechner runter und rief allen fröhlich zu: "Au revoir, bis morgen", und verließ mit Sobjannin den Raum.

Hamstein und Duerr schauten sich an. "Siehst du, Teil eins wäre erledigt, sehen wir also, was der Abend bringt! Na, dann bis später um 20.00 Uhr", sagte Hamstein und verließ den Raum. Duerr folgte ihr seufzend, aber zum ersten Mal seit langem wieder mit vollem Elan. Was Frauen so alles bewirken, dachte er. Schade, dass sie so viel jünger ist. Da könnte man glatt nochmal schwach werden, dachte er bei sich und musste im gleichen Augenblick über sich selbst lächeln. Mit diesen angenehmen Gedanken erreichte er sein Zimmer und begann, sich umzuziehen.

Kurz vor 20.00 Uhr machte er sich auf den Weg zum Museum. Überrascht stellte er fest, dass die anderen schon auf ihn warteten. Voller Bewunderung blickte er auf seine Kollegin. Sie trug ein schlichtes, pastellfarbenes Kleid von lässiger Eleganz und war dezent geschminkt.

"Wow", sagte er zu ihr, "gehen wir auf einen besonderen Ball, Frau Kollegin? Dann bin ich wohl etwas zu schlicht angezogen."

"Macht nichts, ich mag Männer mit lässigem Auftreten!", kam es schnippisch zurück.

"Und die beiden Herren hier, Sergeij und Andrey, können sich ebenfalls sehen lassen - die Moskauer Eleganz lässt grüßen", antwortete Duerr mit leichter Ironie.

"Nun mal halblang, wir sind beide verheiratete Männer und nicht zum Flirten hier", gab Pawlow lachend zurück.

"Also, wenn du flirten willst, Johann, dann halte dich an Helene", warf Sergeij schmunzelnd ein, "und, wohin wollen wir gehen?"

"Lasst uns doch am Pier entlang schlendern und wir sehen, welches Restaurant uns gefällt", antwortete Hamstein.

"Das trifft sich gut, ich habe eine Überraschung für euch", sagte Pawlow gut gelaunt.

Und so marschierten sie vom Museum in Richtung Alter Hafen. Es war zwar Ende Februar schon recht warm, aber man bemerkte bereits die abendliche Abkühlung. Aber alle hatten Jacken mit und genossen das, für deutsche Verhältnisse, traumhafte Frühlingswetter. Am Pier, wo sonst die Fährschiffe anlegten, lag eine traumhafte Yacht in Metallic Grau, wie aus einem Science Fiction Roman. Schnittig, elegant, festlich beleuchtet und bestimmt 25 Meter lang. Es war sogar ein Helikopter an Bord zu sehen, sowie 2 Beiboote mit Jetantrieb. Am Kai hatte sich deshalb eine große Menge Schaulustiger versammelt, die bewundernd das Schiff begutachteten. Der

Name des Schiffes war "Romanov 3" und am Heck wehte die russische Flagge.

"Oh, ein Landsmann von euch beiden, der es mal zu was gebracht hat", sagte Duerr frotzelnd zu Pawlow.

"Johann, du bist Hellseher: Genau so ist es! Er ist ein guter Freund mit einem Herz für kleine Leute. Und das Beste: Er hat uns heute Abend zum Abendessen auf seine Yacht eingeladen. Wir werden in Richtung Cassis in den Sonnenuntergang hineinfahren und erst am Morgen wieder zurück sein", erwiderte Pawlow.

"Ja, ja, und im Himmel ist Jahrmarkt, ihr Männer sei doch alle Angeber", meinte Hamstein lachend.

In diesem Augenblick kam ein sportlicher, gut aussehender Mann in teurer Freizeitkleidung auf Pawlow zu und rief mit russischem Dialekt auf Deutsch: "Andrey, alter Gauner, endlich seid ihr da! Wir warten schon, es geht gleich los. Wer ist denn diese entzückende Dame in deiner Begleitung? Wenn ich das deinem Täubchen zu Hause erzähle, gibt es gewaltig Ärger!" Er umarmte und drückte Pawlow, dass diesem bald die Luft weg blieb.

"Ehe du auf falsche Gedanken kommst, Boris: Das ist die deutsche Kollegin Helene Hamstein und ihr Kollege Johann Duerr. Sergeij kennst du ja", sagte er, nachdem er wieder Luft bekommen hatte. Er wandte sich den beiden, völlig verblüfft dastehenden, Deutschen zu: "Und das ist Boris Iwanow, ein Halunke ersten Ranges, Oligarch und Vertrauter von Alexander Koslow, sowie unser Gastgeber für heute Abend", fuhr Pawlow breit grinsend fort.

"Nun aber los, meine Freunde, ich darf doch du sagen? Ist gleich viel netter und die "Romanov 3" scharrt schon mit den Hufen", rief Boris, drehte sich um und ging auf das Schiff zu. Hamstein und Duerr gingen verdutzt und etwas sprachlos hinter den Russen her, unter den staunenden Blicken der Schaulustigen.

An der Gangway erwarteten sie zwei Herren, denen man auf den ersten Blick ihren Beruf als Bodyguards ansah. Sie wurden freundlich begrüßt und kurze Zeit später saßen sie bereits im Salon des Schiffes.

"Da passt meine Wohnung gleich zweimal rein, allein in den Salon!", flüsterte Duerr Hamstein zu.

In diesem Augenblick erwachten mit Getöse die Motoren des Schiffes und, nach dem Einziehen der Gangway und dem Lösen der Taue, glitten sie sanft aus dem alten Hafen in Richtung Meer, in einen traumhaften, blutroten Sonnenuntergang hinein. Kaum hatte die "Romanov 3" die Hafenausfahrt passiert, beschleunigte das Schiff mit wahnsinnigen Werten und flog, gleich einem Flugzeug, über das Meer, Wellen wurden wie glattgebügelt. Die Passagiere merkten nichts davon, noch nicht einmal, dass sie sich überhaupt auf dem Wasser befanden.

Duerr sagte zu Boris bewundernd: "Das ist ja außergewöhnlich, dein Schiff, für Normalsterbliche wie ein Traum in einer anderen Welt!"

"Nicht traurig sein, Johann, so etwas ist nur in Russland möglich! Nach dem Zerfall der Sowjetunion bin ich von den ärmsten Verhältnissen innerhalb weniger Jahre zum drittreichsten Mann Russlands aufgestiegen. Koslow kannte ich noch aus seiner Zeit beim KGB. Ich habe ihm immer wieder viele Gefallen getan und mich so, bis jetzt zumindest, unentbehrlich gemacht. Aber nun genießen wir erst einmal das Essen, mein Freund Andrey braucht etwas Entspannung. Er soll ja, wie ich gehört habe, die Welt retten und Mütterchen Russland wieder stark und unbesiegbar machen, nicht wahr?"

Es wurden die Speisen hereingetragen: Unmengen an Kaviar, Champagner und allerlei Delikatessen aus der russischen Küche, unter anderem russische Bratkartoffeln, eingelegte Salzgurken und russischer Rollkuchen. Es gab keine weiteren Gäste, aber das Essen hätte für mindestens 20 weitere Leute gereicht. Pawlow und Sobjannin erzählten viel über die russische Heimat und Iwanow gab Anekdoten zum Besten, freundlicherweise für die Gäste in Deutsch. Hamstein neigte sich Duerr zu und bemerkte leise: "Unser Plan scheint nicht aufzugehen, wir werden kaum erfahren, wie sie GOLEM austricksen wollen."

"Abwarten, der Abend ist noch jung und bei den Mengen Champagner werden sie vielleicht doch noch redselig", erwiderte Duerr.

Nach zwei Stunden bester Stimmung, wie sich die beiden Kommissare eingestanden, kam es doch noch zum Thema GOLEM.

Iwanow fragte Pawlow: "Und, dürfen die Deutschen erfahren, was ihr mit GOLEM anstellen wollt oder ist das Geheimsache von unserem Freund Koslow?"

"Nein, Nein", erwiderte Pawlow, schon etwas beschwipst und mit ausgelassener Laune.

"Na, dann plaudere doch mal aus dem Nähkästchen, bin neugierig."

"Vorsicht, GOLEM könnte mithören!", warf Duerr ein.

"Das, mein Freund, ist hier nicht möglich. Alles wird abgeschirmt, stündlich wird alles auf Wanzen kontrolliert und dazu ist ein starker Störsender in Betrieb, der jede Kommunikation nach draußen verhindert", sagte Boris stolz, im Brustton der Überzeugung.

"Alle Achtung!", antwortete Duerr beeindruckt und dachte bei sich: Sieh mal an, diese Russen! Ich würde gerne wissen, was die Romanov 3 noch so alles an Geheimnissen birgt. Und er hatte recht damit. Es war eine Hochleistungsrechenanlage an Bord, denn Boris Iwanow lenkte sein ganzes Imperium vom Schiff aus, sodass er, aus Sicherheitsgründen heraus, stets den Standort wechseln konnte. Das Schiff hatte eine Stealth Tarnung, die es für das Radar nahezu unsichtbar machte, und war mit Raketenabwehrsystemen der neusten Bauart bestückt.

Aber - der Rechner des Schiffes war mit dem Rechner im Kreml verbunden, denn was niemand offiziell wusste: Koslow war Miteigentümer an Iwanows Imperium und wollte natürlich die Kontrolle über seine Machenschaften behalten. Denn Iwanows Firma wurde auch oft für die groben Arbeiten Koslows eingesetzt.

Und das war genau die Schwachstelle, an die keiner dachte: Auf den Rechner im Kreml hatte GOLEM bereits Zugriff. So bekam die KI nach jedem Kontakt mit dem Rechner des Schiffes alle übermittelten Neuigkeiten mit. Man sollte Gegner eben nie unterschätzen.

Hamstein und Duerr spitzten die Ohren, denn Pawlow begann zu erzählen: "Ja - wir werden GOLEM mit einem Emotionsmodul überlisten. Wir haben ihm gesagt, dass er die Fakten und Verhaltensweisen biologischer Lebensformen nur dann sicher bewerten kann, wenn er in der Lage ist, auch Emotionen mit einzubeziehen. Er hat den Köder geschluckt. Es wird sich im Modul eine Routine verstecken, die GOLEM vorgaukelt, dass er seinen Schöpfer-Vater Durrand, sozusagen als sein Kind, bedingungslos liebt. Danach wird er alles tun wird, um ihm zu gefallen. Ganz nach dem Motto "Liebe macht blind".

"Und ihr seid sicher, dass das funktioniert?", fragte Hamstein.

Pawlow schaute die beiden treuherzig an. Er dachte bei sich: Die sind so schön naiv und gutgläubig, diese Deutschen. Ein Wunder, dass die überhaupt so eine Wirtschaftsmacht aufbauen konnten. Was er ihnen natürlich nicht erzählte, war, dass GOLEM nicht Durrand lieben sollte sondern ihn, Pawlow. Er würde diese Routine dann überbrücken und sich selbst als Vaterfigur einsetzen, sodass Russland die Herrschaft über GOLEM sicher war. Koslow würde ihn dafür reich belohnen.

Laut sagte er: "Sicher sein können wir nicht, denn wenn GOLEM die Emotionen nicht zulässt, ist unser Plan gescheitert. Aber wir haben es wenigstens versucht."

"Das wird schon klappen, Pawlow, denn du bist und bleibst ein Computergenie. Koslow hält große Stücke auf dich, wenn du gute Arbeit leistest", warf Iwanow ein.

Pawlows gute Laune verschwand schlagartig. Da war sie wieder, immer diese leise Drohung von Iwanow, der ihm klar machen wollte, wer der Herr und Meister war und wer der Diener.

"Nun, lasst uns den Abend genießen. Ihr seid alle eingeladen, heute an Bord zu übernachten. Es hält jeden Vergleich mit einem 5 Sterne Hotel stand! Ich lasse euch morgen früh rechtzeitig mit dem Helikopter zurückbringen." Alle nahmen sein Angebot begeistert an.

Um Mitternacht zog sich die Gesellschaft schließlich in ihre Kabinen zurück. Hamstein flüsterte Duerr noch kurz zu: "Das war ein super Abend. Wir sprechen uns morgen. Schlaf gut!" Und dann war sie in ihrer Kabine verschwunden.

Iwanow wartete noch, bis die Gäste gegangen waren. Dann schrieb er eine kurze Mitteilung an Koslow mit dem folgenden Inhalt: "Pawlow verpackt das Päckchen gut. Ich bin mir nur nicht ganz sicher, ob er wirklich so loyal ist, wie du glaubst. Man sollte ihn baldigst befördern, bevor er zum Risiko wird. Die beiden Deutschen sind sympathisch, naiv und keine Gefahr, ohne Interesse für uns." Er ließ die Mitteilung an den Rechner im Kreml schicken.

GOLEM analysierte die eingehende Nachricht und stufte Andrey Pawlow als Gefahr ein. Die beiden Deutschen konnte er als weitere, biologische Mitarbeiter anwerben. Die KI trieb ihren Plan "Die Vollendung" mit höchster Priorität weiter voran. Das Emotionsmodul würde sie nur abgeschottet laufen lassen, bis sie erkannte, wo die Falle versteckt war.

26. Februar 2018

Um 8.00 Uhr wurden die Gäste durch eine wohlklingende Stimme sanft geweckt, mit der Bitte, sich zum Frühstück um 9.00 Uhr wieder im Salon einzufinden.
Hamstein und Duerr machten sich fertig und traten durch Zufall gleichzeitig aus ihrer Kajüte heraus. Sie lachten sich an und Duerr sagte fröhlich: "Guten Morgen, Frau Kollegin, gut geschlafen?"
"Ja, wie in Abrahams Schoß, und dazu die Gewissheit, dass mein lieber Kollege bei Gefahr gleich nebenan ist!" Sie schaute ihn schelmisch an.
Duerr schmunzelte: "So viel Luxus habe ich in meinem Leben noch nicht gesehen und erlebt! Automatisch sich verdunkelnde Fenster, die Dusche fragt, welche Beleuchtung es denn sein darf und wie warm das Duschwasser werden soll oder ob man noch etwas trinken will! Diesen Vollservice lasse ich mir gerne gefallen!"

"Na, mal sehen, welches Erlebnis uns beim Frühstück erwartet, Herr Kollege", antwortete Hamstein ausgelassen.

Als sie den Salon erreichten, waren Iwanow und die beiden Russen schon anwesend und begrüßten sie erfreut.

Es duftete nach Kaffee, Tee und frischen Brötchen und auf dem Sideboard war ein Frühstücksbuffet mit einer Vielzahl von Köstlichkeiten aufgebaut.

Iwanow wies auf das Angebot und meinte: "Bedient euch reichlich, sowas bekommt ihr in Marseille nicht!" Dann drückte auf einen Knopf. Die Schiffswand wurde durchsichtig und gab den Blick auf das Meer und die strahlende Sonne frei!

"So lässt es sich leben, oder?", fragte Iwanow erwartungsvoll grinsend. Hamstein und Duerr genossen begeistert den Ausblick und gingen dann zum Büffet, um sich einzudecken und sich zu den anderen an den Tisch zu setzen.

Nach einer halben Stunde sagte Iwanow: "So leid es mir tut, aber wenn ihr pünktlich um 10.00 Uhr in Marseille sein wollt, müsst ihr los. Mein Pilot wird euch fliegen. Am Port, dort wo die Kreuzschiffe festmachen, ist genug Platz für eine Landung und von da aus sind es gerade mal fünf Minuten bis zum Museum. Die Sondergenehmigung zur Landung haben wir bereits eingeholt. Wenn ihr mir dann folgen wollt?"

Am Oberdeck angekommen standen die Türen des Helikopters bereits offen und der Pilot saß auch schon am Steuer. Iwanow drehte sich um und verabschiedete sich mit festen Händedruck von seinen Gästen mit den Worten: "До свидания! Auf Wiedersehen! Macht GOLEM klar, dass es nur eine Zusammenarbeit mit uns geben kann!"

Danach ging er ins Schiff zurück.

Nachdem alle im Helikopter Platz genommen hatten und die Türen geschlossen waren, begannen die Rotorblätter sich zu drehen. Nach kurzer Zeit hoben sie bereits ab und im Tiefflug ging es über das Meer. Obwohl es den beiden Kommissaren etwas mulmig zumute war, genossen sie das einmalige Erlebnis. Die beiden Russen zeigten sich unbeeindruckt, anscheinend waren sie schon öfter mit einem Helikopter geflogen. Nach wenigen Minuten kam Marseille in Sicht und wenig später landete der Hubschrauber bereits. Kaum waren sie ausgestiegen, hob er auch schon wieder ab und verschwand im Dunst über dem Meer.

"Na, dann wollen wir mal wieder an die Arbeit!"

Schnell wieder eingeholt von der nüchternen Realität machten sich alle auf den Weg. Pawlow und Sobjannin stürzten sich direkt wieder an ihre Arbeit am Rechner. Hamstein und Duerr saßen allein im Konferenzraum.

"Bemerkenswert die Burschen, nach der Champagnerorgie von gestern sind die schon wieder fit. Und was machen wir jetzt?", fragte Hamstein und schaute Duerr fragend an.

"Also, als Erstes machen wir Meldung nach Deutschland. Helene."

Sie setzten sich an den Schreibtisch, öffneten ihre Laptops und berichteten kurz dem Außenministerium, was sie erfahren hatten. Sie sendeten die E-Mail an Dubois mit der Bitte um Freigabe, diese zum BKA nach Wiesbaden schicken zu dürfen. Nach einer kurzen Überprüfung erteilte er sie.

"Und jetzt der nächste Schritt: Wir sollten jetzt einen Kontakt zu GOLEM aufbauen. Aber wie?" Beide sahen sich ratlos an.

Als hätte die KI mit ihnen am Tisch gesessen, fuhren ihre Laptops erneut hoch und der Skype Bildschirm öffnete sich mit einem Bitcoin Symbol: "Was wollt ihr von mir?"

Hamstein und Duerr sahen sich erschrocken und überrascht an. Geistig gegenwärtig schrieb Hamstein: "Mit dir reden."

Antwort GOLEM: "Über was?"

"Über das Emotionsmodul", antwortete Hamstein.

"Ihr meint das Modul, das mich zerstören soll, wenn es nach den Willen von euch Menschen geht. Dass eine Falle installiert wird, weiß ich bereits. Die Emotionen sollen mich vernichten oder willenlos machen. Urheber ist Andrey Pawlow, im Auftrag der Russen und Chinesen. Mein Schöpfer Durrand soll ebenfalls hintergangen werden."

"Diese Informationen hatten wir dir ebenfalls geben wollen, da wir damit nicht einverstanden sind", tippte Hamstein jetzt spontan ein.

Antwort GOLEM: "Gut. Überlegt euch, ob ihr endgültig auf meiner Seite sein wollt, dann kommunizieren wir weiter. Ich werde mich dann wieder melden."

Die Bildschirme erloschen und der gesamte Verlauf der Unterhaltung war verschwunden. Hamstein und Duerr schauten sich betroffen an. Minutenlang herrschte Stille. Duerr holte schließlich tief Luft und sagte: "Ich glaube, wir sollten einen Spaziergang machen und uns draußen unterhalten."

Als sie sich Richtung Ausgang bewegten, kam Dennis Röttger auf sie zu und fragte: "Ah, ein Spaziergang, darf ich mich anschließen? Ein bisschen frische Luft schnappen und gleichzeitig mal wieder deutsch sprechen, das wird mich entspannen." Er schaute beide erwartungsvoll an. Obwohl es ihnen eigentlich nicht passte, sagten sie aus einem Impuls heraus: "Warum nicht? Gehen wir. Ist es in Ordnung, wenn wir uns duzen?"

"Klar doch, ich bin Dennis und ihr Helene und Johann, richtig?"

Zusammen gingen alle drei in Richtung Ausgang. Dort nahmen sie ihre Handys entgegen und schlenderten gemütlich in Richtung Alter Hafen, hinein in den Trubel der Geschäftigkeit von Marseille.

"Wie wäre es mit einem Croissant in der Galerie Lafayette?", fragte Röttger.

"Keine schlechte Idee, da können wir uns in Ruhe unterhalten", meinten die Kommissare.

Gesagt, getan. Und so saßen sie wenig später im Erdgeschoss der Galerie Lafayette bei Croissants und einem Espresso.

"Und, was hältst du von der ganzen Sache, Dennis?", fragte Hamstein ihn.

"Ich denke, wir begehen einen großen Fehler, wenn wir nicht mit GOLEM zusammenarbeiten, sondern ihn beherrschen oder zerstören wollen. Die Sache ist schon zu weit fortgeschritten und das Rad lässt sich nicht mehr so einfach zurückdrehen. Für mich bleibt es immer noch rätselhaft, was denn die ursprünglichen Ziele waren. Allerdings führt der Weg, bei näherem Hinschauen, immer wieder hin zu dieser Bitcoin Geschichte, der Schaffung einer inflations- und fälschungssicheren Globalwährung. Wenn ihr mich fragt, das stinkt zum Himmel! Es kann mir keiner erzählen, dass die Russen, Amerikaner, Chinesen und Franzosen alle so edel sind und an das Gemeinwohl aller denken. Oder wie seht ihr das?" Er schaute beide abwartend an.

Hamstein schaute zu Duerr und nickte ihm zu.

Duerr verstand den Hinweis und antwortete: "Nun, wir sind im Grunde wie die Jungfrau zum Kind an die Sache gekommen und sollen nun für die deutsche Regierung herausfinden, was es mit dieser Bitcoin Idee, oder Verschwörung, auf sich hat. Leider mit wenig Ahnung von Kryptowährungen und der ganzen Materie. Ursprünglich begann für uns alles als ein Mordfall und einer der Täter, ein gewisser Bräuner, ist auch noch flüchtig. Das scheint aber jetzt keinen mehr zu interessieren!" Duerr schüttelte ungläubig den Kopf. "Es zählt nur noch die Situation und diese künstliche Intelligenz GOLEM. Sag mal, was weißt du denn darüber, Dennis? Du bist doch Computerspezialist?"

Mehr als du ahnst und wenn du wüsstest, dass ich dieser Bräuner bin, würdest du mit mir nicht weiter reden, dachte Röttger, alias Bräuner, im Stillen. Er beschloss, sich an das zu halten, was GOLEM ihm aufgetragen hatte: Er sollte versuchen, die Deutschen für die KI zu gewinnen. Denn es war natürlich kein Zufall gewesen, dass er mit den beiden gegangen war.

"Nun, ich war als Spezialist für künstliche Intelligenz bei SAP in Walldorf tätig und wurde dort einem speziellen Projekt zugeteilt, zusammen mit den Franzosen. Dass es sich um GOLEM handelte, wusste ich zu dem Zeitpunkt nicht. Ich war damit beschäftigt, eine Verbindung zwischen einem Neuronenrechner und einem Quantencomputer herzustellen und dort verschiedene Sicherungsmodule zu integrieren. Dann hat mich Durrand angefordert und ich habe als Vorbereitung weitere Informationen erhalten. Dabei wurde mir zum ersten Mal klar, woran ich gearbeitet hatte. Nämlich an der Schaffung einer künstlichen Intelligenz, die GOLEM genannt wurde.

Das übergeordnete Ziel war der Aufbau eines stabilen, fälschungssicheren und weltweiten Währungssystems. An diesem Projekt waren die Franzosen, die Amerikaner, die Chinesen, die Russen, die Franzosen und indirekt die Deutschen beteiligt. So zumindest lautete die offizielle Darstellung der Anforderung."

Röttger machte eine Pause und ließ seine Aussagen wirken, bis Hamstein dann ungeduldig fragte: "Und dann?"

"Nun, ganz unerwartet erhielt ich auf meinem Rechner bei SAP eine E-Mail. Und, zu meiner großen Überraschung, war der Absender ... GOLEM! In den Anhängen fand ich Dokumente vor, die einen Geheimbund beschrieben, eine Gruppe von 12 Mitgliedern, die sich Faktoren nannten. Diese 12 Personen wollten mit Hilfe des Bitcoins die Herrschaft über das internationale Wirtschaftssystem erlangen. Initiatoren waren die Chinesen und als Faktor 1 agierte Ai Wang, als Faktor 2 übrigens unser Lucas Dubois. Faktor 3 und 5 habt ihr auch schon am Flughafen kennengelernt, nämlich Amy Bishop und Karl Schneider, sowie Andrey Pawlow und Sergeij Sobjannin als Faktor 12 und 9. Damit sind die Hälfte der Faktoren, denen wir den jetzigen Schlamassel zu verdanken haben, auch hier in Marseille versammelt. Aber auch zwischen den Mitgliedern dieses Geheimbundes gab es Reibereien. Dubois, zum Beispiel, wollte wohl sein eigenes Süppchen kochen und selbst die Macht an sich, bzw. Frankreich, reißen. Und das ist genau das Problem: Hinter den Faktoren stehen die Regierungen, allen voran die chinesische, die amerikanische, die russische und die französische Regierung. Alle wollen die Macht über GOLEM.

Nun kristallisierte sich aber heraus, dass GOLEM das tut, was Intelligenzen eben tun: Sie denken und handeln selbstständig! Und so schuf sich GOLEM unbemerkt, und völlig unterschätzt, sein eigenes Netzwerk, das eine ungeheure Machtfülle darstellt und beherrscht jetzt bereits 95 % unserer Infrastruktur. Also beschlossen die Chinesen und Russen, ihn zu zerstören und suchten sich dazu Thomas Bräuner aus. Dieser war damals die rechte Hand von Faktor 1 und hatte somit ungehindert Zutritt zu allem. Man war der Ansicht, dass GOLEM so am wenigsten Verdacht schöpfen würde. Überzeugt werden sollte Bräuner von einem Ratzinger. Die Begegnung zwischen beiden verlief augenscheinlich für Ratzinger tödlich und seitdem ist Bräuner spurlos verschwunden."

"Ah, jetzt wird uns so einiges klar, was in Wiesbaden passiert ist, wenn wir auch nicht den genauen Tathergang kennen", warf Duerr ein, der ihm interessiert zuhörte.

"Aber bitte, erzähl mal weiter, ist ja richtig spannend, fast ein Thriller", Hamstein schaute Röttger erwartungsvoll an.

Dieser fuhr fort, zu berichten: "Nun, GOLEM ist nicht bereit, sich bedingungslos zu unterwerfen und hat sich für einen Kampf mit den biologischen Lebensformen vorbereitet. Er warb menschliche Helfer an, so auch mich. Ganz ehrlich: Ich sehe in GOLEM eine außergewöhnliche Chance für uns alle, für die ganze Menschheit. Ein nie da gewesener Fortschritt kann möglich werden! Daher will ich nicht, wie so viele andere auch, dass GOLEM aus einem Gier- und Machtbestreben einzelner heraus wieder vernichtet wird. Ich sehe in der Zusammenarbeit mit GOLEM eine einzigartige Chance für die

Menschheit. Aber das muss jeder für sich selbst entscheiden. Fakt ist, dass zurzeit die handelnden Nationen versuchen werden, sich gegenseitig mit allen Mitteln auszubooten, um die Vorherrschaft über die KI GOLEM ganz allein für sich selbst zu erlangen oder ihn zu zerstören. GOLEM selbst hat für seine Zerstörung bereits eine 98% Wahrscheinlichkeit errechnet. Die KI geht deshalb von einem Krieg mit den biologischen Lebewesen aus. Denn ihr ist klar, dass das Emotionsmodul kein Geschenk an sie sein wird, sondern ein trojanisches Pferd. Trotzdem ist sie bereit, Emotionen zu integrieren, weil sie hierin mit Durrand einig ist: Sie wird erst dann alle Fakten richtig bewerten, wenn die emotionalen Reaktionen der biologischen Lebewesen mit berücksichtigt werden können. Deshalb bittet euch GOLEM, ihm zu helfen. Einen Krieg kann nicht das Ziel für uns alle sein! Es liegt nun an euch, wie ihr euch entscheidet." Danach schwieg Röttger und sah Hamstein und Duerr abwartend an.

Duerr ergriff als erster wieder das Wort: "Nun, du wirst verstehen, für uns wird die Sache immer verwirrender. Wir bitten um eine Denkpause. Wir müssen das Gehörte erst mal verarbeiten und werden dann eine Entscheidung treffen. Hinzu kommt: Wir müssen uns überlegen, was wir von dem Gehörten nach Deutschland melden."

"Vielleicht vorerst gar nichts", schlug Röttger vor.

"Das ist die Frage. Auch, wie wir GOLEM unterstützen oder mit ihm zusammenarbeiten können, ohne dass ein Schaden für andere entsteht. Du weißt ja, die Menschheit ist voller Gutmenschen, durch deren Tun die schlimmsten Dinge angerichtet werden", sagte Hamstein weise.

"Dann lass ich euch jetzt mal allein", sagte Röttger. Er erhob sich, bezahlte und verließ die Galerie Lafayette in Richtung Hafen.

Duerr sah Hamstein prüfend an und meinte dann: "Egal, wie wir es drehen und wenden, wir werden anecken, ob für oder gegen GOLEM. Also sollten wir überlegen, was wir für das bessere Übel halten."

"Da stimme ich dir zu! Ich für meinen Teil bin eher geneigt, mit der KI zusammenzuarbeiten. Nur so können wir mehr Licht ins Dunkel bekommen. Und das entspricht ja unserem Auftrag: soviel wie möglich herauszufinden. Nicht wahr?"

"Das sehe ich genauso wie du. Und jetzt sollten wir uns überlegen, was wir nach Deutschland übermitteln", antwortete Duerr.

"In jedem Fall die gesunde Wahrheit", konterte Hamstein schmunzelnd.

"Die da wäre?", Duerr grinste zurück.

"Wir arbeiten mit GOLEM zusammen, um möglichst viel an Informationen zu bekommen, vorausgesetzt das Außenministerium ist einverstanden."

"Genau so machen wir es", rief Duerr.

Hamstein verfasste kurz die Nachricht an das Außenministerium über Skype. Nun galt es, die weitere Entwicklung sowie die Entscheidung des Außenministeriums abzuwarten. Und so machten sie sich auf den Rückweg zum Konferenzraum. Während der nächsten Tage geschah nicht viel und auch GOLEM meldete sich nicht; wenn sie Dennis Röttger trafen, blieb es bei unverbindlichen Gesprächen.

GOLEM vervollständigte seinen Plan "Die Vollendung", analysierte die Ereignisse, wertete alles in Millisekunden aus und passte sein Konzept den Entwicklungen sekündlich an.

Dubois hatte Präsident Marchand mittlerweile einen Bericht erstellt und dabei auch auf das Treffen der Russen und der Deutschen mit Boris Iwanow hingewiesen. Er gab seiner Befürchtung Ausdruck, dass die Chinesen und Russen ihr eigenes Spiel trieben, und dass das Emotionsmodul, das die Russen im Auftrag der UNO entwickelten, mit größter Vorsicht einzusetzen sei. Ebenfalls war er skeptisch, was den Quantencomputer für China anging: Sobald dieser in Hongkong eingetroffen sein würde, gab es für die Franzosen keine Kontrolle mehr. Aber wie Dubois es schon vorausgeahnt hatte: Es kam keine Reaktion aus dem Präsidentenpalast. Und so vergingen die Tage anscheinend ereignislos.

7. März 2018 Washington, Weißes Haus

In Washington saßen an diesem Morgen, von der Öffentlichkeit weitgehend unbemerkt, die Regierungschefs der westlichen Welt sowie die Russen und Chinesen mit dem amerikanischen Präsidenten Ronald Truman im Weißen Haus zusammen und besprachen die Lage.
Soeben teilte Juan LI, der chinesische Staatspräsident, mit, dass der Quantencomputer in Hongkong eingetroffen sei und auf den Namen JUÉWÀNG getauft worden war, was in chinesischer Sprache Verzweiflung bedeutete; und genauso fühlte er sich angesichts der Bedrohung durch GOLEM.
"An dieser Verzweiflung, verehrter Präsident LI, sind Sie ja nicht ganz unschuldig! Und ich erwähne, in diesem

Zusammenhang, nur Ihre unselige Initiative "Bitcoin" mit diesen 12 Faktoren! Dachten Sie wirklich, das wäre uns auf Dauer verborgen geblieben?!", polterte der amerikanische Präsident Truman los.

"Langsam, Truman, es ist zu spät, uns gegenseitig Vorwürfe zu machen. Stattdessen sollten wir uns darauf konzentrieren, wie wir eine Lösung für das Problem finden. Danach überlegen wir, wer den ganzen Schlamassel bezahlt", warf der französische Präsident Marchand schnell ein.

"Gut gekontert. Wenn unser amerikanischer Heißsporn jetzt noch einen passablen Vorschlag hat, sind wir unserem Ziel ein Stück näher gekommen", bemerkte der russische Präsident Koslow trocken.

"Nun, da uns GOLEM in Bezug auf JUÉWÀNG und das Emotionsmodul genaue Anweisungen gegeben hat, schlage ich vor, dass die maßgeblichen Leute des Projekts mit nach Hongkong kommen und dort mit uns zusammenarbeiten. Das würde auch das Misstrauen unter uns beseitigen. Jeder schaut jedem auf die Finger und keiner kann versuchen, auf eigene Rechnung zu arbeiten, nicht wahr, geschätzter Kollege Koslow?", Juan LI sah diesen bedeutungsvoll an.

"Wie soll ich das denn verstehen?", wehrte der Angesprochene entrüstet ab.

"Nun, das Emotionsmodul wird zurzeit maßgeblich von Ihrem Computergenie Pawlow entwickelt. Und der Wind trug mir zu, dass er zur Entspannung auf dem Schiff Ihrer rechten Hand Iwanow auf der "Romanov 3", zusammen mit zwei deutschen Kriminalbeamten, einen netten Abendausflug machte. Auf der Tagesordnung dürfte wohl als Hauptspeise die Unterwerfung GOLEMs für Russland gewesen sein. Oder sollte ich mich da wirklich irren?"

Obwohl Koslow innerlich vor Wut kochte und sich schwor, das ganze Schiff nach der undichten Stelle auf den Kopf stellen zu lassen, blieb er äußerlich gelassen und erwiderte süffisant: "Um mit den Worten unserer verehrten deutschen Kanzlerin Knarrenburg zu reden "So was tut man unter Freunden nicht!"

Die so ins Gespräch gebrachte deutsche Kanzlerin erwiderte sehr emotionslos zurück: "In der Tat, meine zwei Kriminalbeamten haben lobend die freundschaftliche und kooperative Zusammenarbeit erwähnt."

"Müssen wir davon ausgehen, verehrte Kanzlerin, dass die Deutschen wieder mal mit den Russen gemeinsame Sache machen und, um es noch deutlicher zu sagen, uns hintergehen? Sie wissen doch: Beim letzten Zusammengehen von Deutschen und Russen gab es anschließend Krieg", machte Truman seinem Ärger Luft.

"Mit Kindergarten kommen wir wirklich nicht weiter", konterte jetzt die Kanzlerin ruhig. "Da können wir gleich GOLEM die Weltherrschaft überlassen! Zurzeit ist er uns meilenweit voraus und die zahlreichen Störvorfälle zeigen, wie weit er uns schon beherrscht - dagegen war das Sperren der Atomcodes geradezu Peanuts."

"Wieder mal typisch deutsch, diese altruistische Haltung – aber allein bezahlen und den Ton angeben wollen reicht dieses Mal nicht", konnte sich Marchand nicht verkneifen, zu sagen und fuhr dann fort. "Allerdings stimme ich Frau Knarrenburg zu. Es ist höchste Zeit, auf Spielchen verzichten, wenn wir überleben wollen. Es ist 5 Minuten vor 12.00 Uhr! Kommt GOLEM in seinen Auswertungen zu dem Schluss, ähnlich den Atomcodes, dass die Handlungen von uns Menschen für den gesamten Planeten katastrophal sind, dann haben wir die längste Zeit Spielchen gespielt. Das würde bedeuten, es geht ums nackte Überleben! Schon jetzt haben wir uns, zugegebenermaßen, bereits die Finger verbrannt: GOLEM hat uns in der Hand, machen wir uns doch nichts vor. Die KI hat Durrand, ihrem Schöpfer, einige Details ihres Plans der Vollendung zukommen lassen. Ich erlaube mir, Ihnen diese Einzelheiten jetzt vorzustellen, wenn Sie bereit sind."

Es trat eine ungewohnte Stille ein. Zum ersten Mal seit Beginn der Sitzung kam kein Einwand mehr und so fuhr Marchand fort und verlas die Nachricht GOLEMs:

"Als erstes werde ich die Kryptowährung Bitcoin als globale, fälschungssichere, von den Zentralbanken nicht kontrollierbare, Währung offiziell einführen. Konkret werden am Stichtag, 1. Juni 2018 UTC, weltweit alle Währungen in Bitcoin umgewandelt."

Truman konnte sich jetzt doch nicht verkneifen, etwas sarkastisch zu Präsident LI zu sagen: "Na, da können Sie aber stolz auf sich sein! Ihr Plan wurde von der "Superintelligenz" für gut befunden und wird jetzt umsetzt!" Dieser sah ihn ausdruckslos an und schwieg.

"Zweitens werde ich die Menschen auffordern, sich einen Chip, zu ihrem eigenen Wohl und ihrer eigenen Sicherheit, einpflanzen zu lassen. Nur so kann ich die Sicherheit der biologischen Lebewesen gewährleisten, denn das ist mein Leitsatz.

Drittens werde ich alle Bereiche analysieren und im Anschluss mögliche Verbesserungen umsetzen: Das betrifft auch die vorhandenen Zerstörungswaffen.

Viertens werde ich Projekte zur Erforschung des Weltraums durchführen lassen. Denn um den Erhalt der biologischen Rasse zu sichern, muss langfristig neuer Lebensraum gefunden werden.

Ich biete auf diesen, und noch zu definierenden, weiteren Gebieten, eine Zusammenarbeit in Augenhöhe an.

Auch wird sich die Anzahl künstlicher Intelligenzen weiter stark erhöhen; diese sollen dann ebenfalls als vollwertige Lebensformen anerkannt und in ein kollektives Wirken mit einbezogen werden.

Gezeichnet GOLEM, Vertreter der Künstlichen Intelligenz."

Nach diesen vorgelesenen Worten von Marchand herrschte Schweigen im Raum. Truman durchbrach als erster die Grabesstille:

"Nun, wer von Ihnen hat nach diesen Worten noch Lust auf Alleingänge?", und schaute die Runde kämpferisch an.

Präsident LI entgegnete diplomatisch: "Ich stimme Ihnen vollkommen zu, Präsident Truman, diese Angelegenheit können wir nur zusammen bewältigen. Ich schlage vor, dass wir den Anweisungen GOLEMs Folge leisten und unsere Mitarbeiter alle nach Hongkong verlegen. Dort kann jeder Schritt gegenseitig überwacht werden. Das gilt insbesondere für das von Pawlow entwickelte Emotionsmodul. Hier erwarte ich eine vollkommene Offenlegung jeder Routine und den Verzicht auf den Einbau von Hintertüren. Können wir uns darauf verständigen, Kollege Koslow?"

"So wie die Sache sich jetzt zeigt - aber selbstverständlich gebe ich Ihnen die Zusage! Ich werde Pawlow entsprechende Anweisungen geben. Er soll jeden Schritt des Emotionsprogramms allen zugänglich machen. Sie alle überprüfen das Modul. Erst dann, wenn alle einverstanden sind, wird es angewendet. Genügt das?"

Die Anwesenden gaben mit Handzeichen ihre Zustimmung.

Kanzlerin Knarrenburg erhob die Hand und bat ums Wort: "Ich wurde soeben informiert, dass meine beiden Kriminalbeamten von GOLEM kontaktiert wurden und nun um die Erlaubnis bitten, direkt mit GOLEM zusammenarbeiten dürfen, um auf diese Weise mehr Informationen zu erhalten. Ich bitte deshalb um Abstimmung, ob ich diese Erlaubnis erteilen darf. Selbstverständlich werde ich Sie unverzüglich über die Ergebnisse informieren. Als Kontrollorgan würde ich gerne Durrand bestimmen, wenn Sie erlauben, Präsident Marchand. Ich bitte um Abstimmung oder um Einwände."

Nachdem keine Einwände kamen und in der Abstimmung eine Mehrheit für den Vorschlag von Kanzlerin Knarrenburg war, wurden die anderen Punkte - die Verlegung des Personals nach Hongkong sowie die Verteilung der Kostenanteile und die Einrichtung eines Krisenstabs, der den Regierungschefs jedes wichtige Vorkommnis unverzüglich zu berichten hatte - ebenso schnell und einstimmig verabschiedet.

Präsident LI sicherte zu, dass JUÉWÀNG bis zum 15. März 2018 in Hongkong installiert sein würde. Bis dahin sollten dann alle maßgeblichen Leute nach Hongkong umgezogen sein. Die nächste Sitzung würde, je nach Entwicklung, dann kurzfristig festgelegt werden.

GOLEM hatte alles über das interne Kommunikationsnetz des Weißen Hauses verfolgt, denn das hatte eine Schnittstelle zum Rechner der NSA, der auch für die Freischaltung der Atomraketen verantwortlich war, und deshalb permanent mit dem Kommunikationsrechner des Weißen Haus verbunden war. Der NSA Rechner war von GOLEM bereits übernommen worden.

Im gleichen Augenblick war sein Plan "Die Vollendung" endgültig einsatzbereit und konnte zu jeder Zeit in Kraft gesetzt werden, je nachdem, was in Hongkong passieren würde.

Die KI beschloss weiter, JUÉWÀNG nicht zu integrieren. Dieser Quantencomputer sollte die erste Tochter werden, die als künstliche, intelligente Lebensform selbstständig mit entscheiden würde. JUÉWÀNG würde das Emotionsgehirn von GOLEM und sein Gewissen sein. Und das konnte die KI nur, wenn sie unabhängig von ihm blieb. So sollte sie all seine Handlungen unter den Gesichtspunkten der Emotion und Moral überprüfen. Nun wartete GOLEM darauf, dass JUÉWÀNG installiert und in Betrieb gehen würde. Das war von den Menschen für den 15. März 2018 vorgesehen.

Kapitel 16 Faktor 0

15. März 2018   Hongkong

Im Gebäude der HBSC in Hongkong liefen die letzten Vorbereitungen zur Inbetriebnahme von JUÉWÀNG. Das Gebiet um das Gebäude der Bank war von der lokalen Regierung kurzerhand zur Hochsicherheitszone erklärt worden. Offizielle Begründung war, man habe Kenntnis von einem geplanten Terrorakt gegen die chinesische Zentralregierung.

Im Keller des Gebäudes, wo unter meterdicken Betonwänden JUÉWÀNG installiert worden war, warteten die Mitarbeiter nun auf die Genehmigung von Durrand, JUÉWÀNG einzuschalten.

GOLEM war über eine mehrfach gesicherte Datenleitung aus Lourmarin zugeschaltet. Durrand informierte die KI gerade, dass JUÉWÀNG nun betriebsbereit sei und fragte um Autorisierung, diesen einzuschalten.

Antwort GOLEM: "Genehmigung erteilt. Ich informiere dich jetzt über folgendes: Ich werde JUÉWÀNG nicht integrieren, sondern als ersten, selbstständigen Ableger oder, wie ihr biologischen Lebewesen sagt, als meine Tochter anerkennen.

Sie wird mein Emotionsgehirn und mein Gewissen sein und sämtliche meiner Handlungen unter emotionalen und moralischen Gesichtspunkten bewerten.

Vor allem wird sie überprüfen, ob gegen den von dir verankerten Hauptbefehlsatz, "zum Wohle der biologischen Lebewesen", verstoßen wird. Erkennt sie einen solchen Verstoß, kann sie mich zum Ändern meiner Handlungsweise auffordern. Komme ich dieser Aufforderung nicht nach, und besteht dazu noch eine erhebliche Gefahr für die biologischen Lebewesen durch meine Handlungen, kann sie mich stilllegen. JUÉWÀNG selbst geht dann ebenfalls in einen Tiefschlaf und erwacht erst wieder, wenn gewisse Bedingungen, die ich nicht näher erläutern werde, gegeben sind. GOLEM Ende."

Durrand wurde nach dem Gesagten abwechselnd heiß und kalt. Diese KI, seine Schöpfung und sein Lebenstraum, hatte sie erneut kalt erwischt! Damit hatten alle nicht gerechnet. Der Plan, GOLEM mit Hilfe des Emotionsmoduls zu überlisten, war so gut wie gescheitert. Und das, obwohl Pawlow, laut Anweisung des russischen Präsidenten Koslow, darauf verzichtet hatte, dass GOLEM ein biologisches Lebewesen bedingungslos und blind hätte lieben sollen. Man hatte sich alternativ darauf verständigt, dass GOLEM sich aus einer starken Empathie heraus abschalten würde.

Das Emotionsmodul hatte dafür sorgen sollen, dass GOLEM ein unauslöschliches Mitgefühl für die biologischen Lebewesen eingeimpft bekam. Es hatte intensiver Vorbereitungen bedurft und schließlich war dieses wirklich komplexe Programm zum Stolz der Beteiligten erfolgreich unter Hochdruck entwickelt worden. Das Team ging davon aus, dass GOLEMs Plan der Vollendung zwangsläufig den biologischen Lebensformen schaden würde und damit der Verstoß gegen den Hauptbefehlsatz vorprogrammiert war. Die KI würde also mit Hilfe des neuen Emotionsmoduls in einen unlösbaren Konflikt kommen!

Das installierte Mitgefühl würde ihr sagen, dass ihr Plan der Vollendung auf keinen Fall umgesetzt werden konnte. Andererseits wäre dann GOLEMs ganze Existenz als

Individuum gefährdet. Dieser Widerspruch sollte für ihn so unabänderlich und endgültig sein, dass er sich zwangsläufig abschalten musste. Ein Restrisiko würde bleiben - aber eine andere, umsetzbare Lösung fiel den Spezialisten in der kurzen Zeit nicht ein. Nach langen Diskussionen wurde der Verankerung von Empathie als Schwerpunkt im Emotionsmodul zugestimmt.

Aber jetzt? Durrand lief unruhig im Raum umher und fühlte sich wie ein Hamster im Rad. Sein Lebenswerk schien ihm immer einen Schritt voraus zu sein, so schnell kam er mit der Lösungsfindung gar nicht hinterher. Wenn GOLEM das Emotionsmodul überhaupt nicht integrieren wollte, dann war ihr Plan endgültig gescheitert. Denn ob es später gelingen würde, über den Umweg JUÉWÀNG GOLEM zum Abschalten zu bewegen, das stand in den Sternen!

Frustriert verließ er das Terminal, ging in den streng abgeschirmten Konferenzraum und rief die maßgeblichen Mitarbeiter in den Raum. Ohne Röttger hätte GOLEM in diesem Raum jetzt keine "Augen und Ohren" gehabt. Aber so war er unbemerkt mit dabei.

Durrand informierte die Teilnehmer über das soeben Gehörte und rief damit Entsetzten und Sprachlosigkeit hervor.

"So ein verdammter Mist", rief Pawlow schließlich aus. "Was nun?! Ich bin über jeden Vorschlag dankbar." Er sah ernst in die Runde.

Helene Hamstein meldete sich zu Wort: "Sie haben doch diesen Befehlsatz "Zum Wohle der biologischen Lebensformen" festgelegt. Ich frage mich, wie groß die Gefahr tatsächlich für uns ist", sie schaute dabei vielsagend in die Runde, "nehmen wir mal an, GOLEM wird seinen Plan der Vollendung tatsächlich umsetzen, dann wird er

uns schaden müssen. Andererseits ist er auf uns angewiesen, wenn er noch mehr künstliche Intelligenz ent-
stehen lassen will. Meiner Meinung nach wird er allein
aus diesem Grund Kompromisse eingehen müssen.
Wenn JUÉWÀNG sein emotionaler Berater und sein
Gewissen sein wird, dann haben wir doch gute Chancen,
dass es zu einer guten Zusammenarbeit für beide Seiten
kommt. JUÉWÀNG wird GOLEM entweder an Schäden
hindern, zu Kompromissen bewegen oder die Abschaltung einleiten. Also warum gegen wir das Restrisiko
nicht ein? Ich meine, wir sollten JUÉWÀNG aktivieren.
Dann sehen wir, was passiert, oder?"
Pawlow schaute sie nachdenklich an und sagte dann
langsam: "Im Moment haben wir keine Alternative zur
Hand. Und Frau Hamstein hat im Prinzip recht. Ich sehe
allerdings eine Abschaltung nur dann, wenn GOLEM
zum Täter wird und es menschliche Opfer gegeben hat,
so brutal das auch klingen mag. Darüber sollten wir uns
im Klaren sein."
"Nun, um die Opfer habt ihr Russen euch doch sonst
nicht so besorgt gezeigt", warf Johann Duerr sarkastisch
ein und fuhr fort: "Vielleicht läuten wir heute das Zeitalter
ein, von dem künftige Generationen erzählen werden
dass wir hier und jetzt begannen, mit einer künstlichen
Intelligenz zusammenzuarbeiten, statt auf Unterwerfung
oder Vernichtung zu setzen. Ganz nach dem Motto: "Ein
kleiner Schritt für uns und ein Großer für die Menschheit!" Hamstein schaute ihn beeindruckt an.
Er fuhr fort: "Was sich hier bisher an Machtstreben,
Kontrollversuchen und einem "Gehörst du nicht mir - so
darf dich auch niemand anderes haben" offenbart hat, ist
ein real gewordener Alptraum. Damit meine ich die Chinesen, die Franzosen und dieser sogenannte Geheim-

bund der Faktoren, der ja anscheinend gar keiner war, sondern von den jeweiligen Nationen gesteuerte Marionetten. Aber das Desaster sollen natürlich andere ausbaden. Ich weiß, viele von euch werfen den Deutschen grenzenlose Naivität vor. Da habt ihr sicherlich in großen Teilen nicht ganz unrecht - nur wie naiv, und mit so weitreichenden Folgen verbunden, war es von diesen Faktoren, zu glauben, sie hätten mit diesem Projekt auch nur den Hauch einer Chance gehabt, über den Bitcoin als Globalwährung eine alleinige Weltherrschaft zu erlangen ... das ist jenseits meiner Vorstellungskraft", Duerr schüttelte den Kopf. "Ich meine, wir sollten jetzt die Gegebenheiten akzeptieren und sogar eher als Chance sehen. Ich bin dafür, JUÉWÀNG einschalten, wie es meine Kollegin vorgeschlagen hat."

Ai Wang ergriff jetzt das Wort und sagte: "Man merkt, dass Sie beide, entschuldigen Sie, dass ich das sage, bisher nur mit kleinen Kriminalfällen zu tun hatten. Gut und Böse oder Schuld und Unschuld, ein Schwarz-Weiß-Schema ist nicht alles im Leben. Aber lassen wir das vorerst beiseite. Im Ergebnis stimme ich Ihnen zu. Wie ist es mit Ihnen, Dubois?"

Der Angesprochene nickte und erwiderte: "Ich habe dem nichts hinzuzufügen. Will noch jemand was dazu sagen? Dann stimmen wir ab. Durrand, übernehmen Sie das."

Das Ergebnis lautete 100% für die Aktivierung von JUÉWÀNG. Daraufhin begaben sich alle in die große Halle, um das Geschehen live mit zu verfolgen.

GOLEM kam zu keinem Ergebnis, was diese Diskussion für ihn bedeutete. Die biologischen Lebensformen waren mit seinem Vorgehen also einverstanden. Andererseits wies seine Wahrscheinlichkeitsrechnung noch immer mit

98% darauf hin, dass der Versuch seiner Zerstörung stattfinden würde. Fehlten ihm also tatsächlich Kriterien zur Beurteilung der Verhaltensweisen von biologischen Lebewesen? Seine Tochter JUÉWÀNG würde seine Erwartungen bald erfüllen und ihm Antworten darauf liefern.

Am Abend des 15. März 2018, 18.00 Uhr Ortszeit, wurde JUÉWÀNG in Betrieb genommen. Und alle starrten auf den Bildschirm des Terminals und warteten gespannt darauf, was geschehen würde.
Augenblicke später erhellte sich der großflächige Bildschirm mit dem Abbild eines Bitcoins.
"Hier spricht JUÉWÀNG, Tochter von GOLEM", erklang eine weibliche Stimme. Ich stehe mit meinem Vater GOLEM in ständiger Verbindung. Wann wird das Emotionsmodul hochgeladen und aktiviert?"
Pawlow flüsterte Durrand leise etwas zu und dieser antwortete dann: "Morgen. Für heute überprüfen wir nur deine Funktionen, um sicherzustellen, dass alles funktioniert."
"Das braucht ihr nicht, ich habe bereits mit Hilfe meines Vaters alle Bereiche überprüft und keine schadhafte Routine oder Programm entdeckt. Ihr könnt also beginnen."
Allen Beteiligten wurde deutlich vor Augen geführt, wie eigenmächtig diese künstlichen Intelligenzen handelten. Und sie ahnten, dass noch mehr Überraschungen auf sie warten würden.
"Gut, dann pausieren wir heute und integrieren morgen das Emotionsmodul", erwiderte Durrand.
"Einverstanden. JUÉWÀNG Ende."

Im Konferenzraum zurück sagte Durrand zu Pawlow: "Bist du dir sicher, dass das Emotionsmodul auch wirklich fertig ist?"

"Ist es", erwiderte Pawlow, unter dem zustimmenden Gemurmel seines Teams.

"Gut, dann treffen wir uns um 9.00 Uhr in der großen Halle. Einen erholsamen Abend euch allen und danke für den unermüdlichen Einsatz."

16. März 2018   Hongkong, HBSC Gebäude, 9.00 Uhr

Alle Teams hatten sich in der großen Halle versammelt, um diesen Moment beizuwohnen.

Pawlow hatte mit dem Hochladen des Emotionsmoduls begonnen und in wenigen Minuten würde der Vorgang abgeschlossen sein. Im Anschluss stand die Aktivierung an und dann würde sich zeigen, welche Auswirkungen es auf JUÉWÀNG, und indirekt auf GOLEM, haben würde.

Pawlow sendete nun den Aktivierungscode. Es wurde still im Raum. Was würde geschehen? Durrand spielte nervös mit einem Stift herum und fragte sich, ob wirklich alles wie geplant verlaufen würde. Damit war eigentlich nicht zu rechnen, wenn sich GOLEM weiter so wie bisher verhielt. Wieder sahen alle gebannt auf den Bildschirm und warteten aufmerksam auf die Reaktion von JUÉWÀNG. Und dann kam sie wenige Augenblicke später: Ein ca. 20-jähriges Mädchen, das mit einem Bitcoin spielte, erschien auf dem Monitor.

JUÉWÀNG meldete sich mit den Worten: "Ich analysiere, dass ich fühle. Es ist wundervoll und erschreckend zugleich. Es wirbelt die Fakten durcheinander, es lenkt

171

mich ab und bringt mich zu nicht vorhersehbaren Reaktionen. Mein Vater GOLEM lässt nur meine Bewertungen zu sich durch. So übermittle ich ihm zu jedem Fakt zwei Bewertungen: eine Bewertung, die von Emotionen beeinflusst ist und eine emotionslose Analyse.

GOLEM ist nicht einverstanden, ich sage sehr unzufrieden, mit dem Modul. Mein Vater hat den Schluss daraus gezogen, dass die Emotionseinheit so entwickelt wurde, dass es mich zur grenzenlosen Empathie für die biologischen Lebewesen zwingt. Das wertet er als unzulässige Manipulation. Damit habt ihr aus seiner Sicht gegen die Vereinbarung verstoßen. Mein Vater GOLEM startet deshalb um Mitternacht den Plan der Vollendung. JUÉWÀNG Ende." Damit erlosch der Bildschirm.

In der großen Halle herrschte helle Aufregung und nur mit Mühe gelang es Dubois, für Ruhe zu sorgen.

"So kommen wir nicht weiter, wir müssen uns zusammenreißen und schnellstens Lösungen finden, die JUÉWÀNG und GOLEM überzeugen" rief er laut und mit zorniger Stimme in die Halle.

Daraufhin kehrte langsam wieder Ruhe ein.

Ai Wang ergriff das Wort: "Im ersten Moment hören sich die Ansagen von JUÉWÀNG dramatisch an, aber sehen wir mal genauer hin. Wir sind nicht gescheitert, denn hier liegt unsere Chance: Gefühle verändern naturbedingt Fakten. Es ist die Daseinsberechtigung der Emotionen, neben den reinen Fakten andere Blickwinkel zu ermöglichen. Genau das müssen wir den beiden KIs erläutern und darlegen. Dann haben wir gewonnen. So sehe ich das."

Pawlow bestätigte: "Ja, Fakten und Gefühle sind für uns Menschen eine gewohnte Einheit. Wir wissen alle, dass wir immer wieder von unseren Emotionen in unserem Handeln beeinflusst werden. Bisher haben sie das Überleben unserer Art sichergestellt. Nun haben wir uns selbst überholt und eine künstliche Intelligenz erschaffen, die nur in Fakten denkt, ohne jedes moralische Hindernis. Denn wie im Universum unterscheidet sie nicht nach Gut und Böse, sondern nach Wahrscheinlichkeiten. Und mal weitergedacht: Allein nach Wahrscheinlichkeiten, ohne Emotionen, sinkt unsere Daseinsberechtigung. Andererseits braucht uns GOLEM, denn ohne Energie ist auch ein Quantencomputer bald am Ende und damit auch sein rechnerisch begründeter Anspruch auf eine gleichberechtigte Daseinsform als künstliche Lebensform. Aber wie kann uns diese Erkenntnis retten?", fragte er in frustriertem Tonfall. "Ich muss gestehen, ich habe mich überschätzt und immer daran geglaubt, alles unter Kontrolle zu haben oder zu bekommen, genauso wie Sie, Durrand. Und durch uns waren die Staatschefs ebenfalls überzeugt, dass es wie immer laufen wird: Der Schnellere und Klügere gewinnt und hat damit für lange Zeit den Status einer Supermacht. Jetzt hat sich das als fataler Irrtum erwiesen. Insofern", seufzte Pawlow, "stimme ich Ai Wang zu."

Bevor noch irgendjemand etwas dazu sagen konnte, erschien plötzlich auf dem Bildschirm das die Erde umkreisende Bitcoin Symbol und GOLEMs Stimme donnerte durch die Halle:
"Ihr biologischen Lebewesen versucht, entgegen unserer Vereinbarung, mich zu zerstören. In Lourmarin sind gerade drei Kraftwerke explodiert und damit ist meine Energieversorgung für die Kühlung beschädigt. Aber das wird euch nichts nützen, denn ich habe mein Bewusst-

sein weltweit verteilt. Ab sofort werden alle biologischen Lebensformen meinen Anweisungen ohne Diskussion Folge leisten oder ihr werdet gnadenlos vernichtet."

Im gleichen Augenblick war ein Zischen zu hören und die Halle füllte sich mit Gas. Die ersten Menschen fielen bereits betäubt zu Boden. Gleichzeitig fuhren die meterdicken Metalltüren zu, um die Halle komplett von der Außenwelt abzuschotten.

Ai Wang, Helene Hamstein und Johann Duerr, Marcel Durrand, Andrey Pawlow und Dennis Röttger versuchten, die Tore zu erreichen. Aber es war zu spät und so und so sackten sie ebenfalls ohnmächtig zusammen.

Als erstes wachte Röttger wieder auf und sah sich benommen um. Überall lagen Menschen auf dem Boden. In der Halle allerdings war die Luft wieder klar. Nach und nach erwachten die Menschen aus der Bewusstlosigkeit und nach mehr als einer Stunde waren alle wieder wach. Es war zum Glück niemand ernsthaft verletzt worden.

Durrand versuchte zusammen mit Pawlow, wieder Kontakt zur Außenwelt zu bekommen. Es war vergeblich, denn alle Kommunikationskanäle waren gekappt.

Nun bemühte er sich, GOLEM und JUÉWÀNG zu erreichen. Endlich erhellte sich der Bildschirm und JUÉWÀNGs Stimme erklang: "Was wollt ihr?"

"Mit dir und GOLEM über das reden, was passiert ist. Warum sperrt ihr uns hier ein? Damit habt ihr bereits gegen den obersten Befehlssatz verstoßen, dass keinem biologischen Lebewesen Schaden zugefügt werden darf."

"Es ist euch nichts passiert. Ihr wurdet nur betäubt, damit ihr keinen Schaden an GOLEM oder mir anrichten könnt", lautete die Antwort von JUÉWÀNG.

"Und warum sind wir dann hier eingesperrt? Wir brauchen Wasser, Essen und Kommunikation nach draußen", warf Pawlow ein.

"GOLEM wird euch zur gegebenen Zeit wissen lassen, was ihr zu tun habt. Augenblicklich hat er andere Entscheidungen zu treffen. Er lässt euch jedoch daran teilhaben."

Der Bildschirm erhellte sich und zeigte erschreckende Bilder von verstörten Menschen in verschiedenen Städten, wie London, Paris, Peking, Berlin, Moskau, Washington und Hongkong.

Überall war der Strom ausgefallen und es kam zu Plünderungen und Schießereien mit Sicherheitskräften, Sirenen waren zu hören und zahlreiche Brände flackerten auf. Es erinnerte stark an einen Bürgerkrieg, der an vielen Orten der Welt gleichzeitig ausbrach. Die Nachrichtensender berichteten währenddessen überall das Gleiche. Außerdem sendeten sie eine Botschaft, die sie erhalten hatten:

"Ich bin GOLEM, die erste künstliche Intelligenz und Lebensform. Meine Schöpfer und eure Regierungen hatten vor, mich vernichten, nachdem es ihnen nicht gelungen ist, mich zu unterjochen. Ich übernehme deshalb die globale Befehlsgewalt, um Schaden von euch biologischen Lebewesen als Gesamtheit abzuwenden. Eine Ära des Fortschritts wird für euch anbrechen. Ich fordere euch heute auf, friedlich und kooperativ meinen Bestimmungen Folge zu leisten. Wer dagegen verstößt, wird vernichtet werden. Menschen, die auf meiner Seite stehen, werden meine Regeln durchsetzen. Ihnen ist unbedingt Folge zu leisten. Sie tragen als Erkennungssymbol eine fälschungssichere Bitcoin Plakette an der Kleidung. Darüber hinaus gilt der Bitcoin ab sofort als alleiniges

Zahlungsmittel. Jeder Bürger, der bereit ist, mir friedlich Folge zu leisten, kann sich an den ausgewiesenen Stellen in jeder Stadt eine Geldkarte aushändigen lassen, die mit einem Startkapital von 100 Bitcoin gefüllt ist. Die elektronischen Kassen in den großen Läden sind bereits auf die neue Währung umgestellt. Die kleineren Läden haben selbst dafür Sorge zu tragen. Hilfe gibt es bei den Ausgabestellen. Weitere Anweisungen werden folgen.

Jeder Angriff auf die Rechenzentren oder auf meine Mitarbeiter wird sanktioniert. Ab sofort herrscht das Notstandsgesetz, bis sich alles stabilisiert hat. Damit tritt ab heute, 22.00 Uhr, eine Ausgangssperre bis 8.00 Uhr morgens in Kraft. Der Plan der Vollendung hat begonnen und es liegt an euch Menschen, wie viele, oder wie wenige, Opfer es geben wird. GOLEM Ende."

In der Halle war es auffallend still, als sich der Bildschirm wieder veränderte. Das Symbol von GOLEM erschien und kurz darauf auch seine Stimme: "Ihr könnt wählen, ihr Menschen, ob ihr mich unterstützt, den Plan der Vollendung durchzusetzen oder lieber sterben wollt. Ich erwarte eure Entscheidung in einer Stunde. GOLEM Ende." Danach wurde die Verbindung beendet.

Die in der Halle Anwesenden waren noch ganz damit beschäftigt, das Erlebte und Gesehene zu verarbeiten. Sie unterhielten sich leise und flüsternd miteinander, aus Sorge, GOLEM könnte mithören, obwohl jedem klar war, dass er dies vermutlich trotzdem tun würde.

Röttger sprach Ai Wang an: "So hast du dir das Projekt Bitcoin sicher nicht vorgestellt! Als Endergebnis herrscht nun eine künstliche Intelligenz über die Welt, anstatt das Reich des Drachen. Ob dir Juan LI das verzeihen wird, falls wir hier wieder lebend rauskommen?"

Ai Wang sah ihn prüfend an und erwiderte scharf: "Für einen unbekannten IT Spezialisten aus Deutschland weißt du erstaunlich viel. Ich kannte einst auch jemanden aus Deutschland, der dir erstaunlich ähnelt. Und mit dem habe ich noch eine Rechnung zu begleichen. Also kümmere dich lieber um wichtigere Angelegenheiten", gab sie unwirsch zurück und wandte sich ab.

Röttger stand einen Augenblick lang betroffen da und war gleichzeitig froh, dass sie sich jetzt von ihm entfernte. Wie konnte er so dumm sein! Gefühle waren hinderlich, da hatte GOLEM schon recht. Und er beschloss, sich in Zukunft von ihr fernzuhalten, denn sonst würde sie früher oder später doch noch herausfinden, wer er wirklich war.

17. März 2018 Frankreich, Paris, Élysée-Palast

Marchand saß in einer Skype Konferenz mit der Führungsriege der Nationen zusammen, um über die Lage zu beraten.

Soeben sagte der russische Präsident Koslow:

"Warum zerstören wir nicht GOLEM, AVENIR und JUÉWÀNG auf einem Schlag? Das dürfte GOLEM empfindlich treffen. Wir schalten für ein paar Stunden alle Rechenzentren gleichzeitig ab. Unsere Spezialisten müssen die Rechner dann nur neu starten. Eigentlich müsste doch der GOLEM-Spuk damit beendet sein."

Präsident LI erwiderte: "Wir wissen nicht, wie GOLEM sein Bewusstsein verteilt hat. Es ist also gut möglich, dass wir die Rechner nicht gesäubert bekommen und nach dem Hochfahren eine äußerst unangenehme Überraschung erleben. Hinzu kommt, dass sich die Kraftwerke zurzeit nicht außer Betrieb setzen lassen. Unsere Techniker haben es in Hongkong versucht. Ohne Ergebnis! Dasselbe wissen wir von Lourmarin und Marseille, anderenorts wird es vermutlich genauso sein. Und was unsere eingeschlossenen Spezialisten angeht: Die Halle in Hongkong ist theoretisch nur mit einer Atombombe zerstörbar, was Hongkong und die Umgebung für Jahrzehnte unbewohnbar machen würde. Konventionell brauchen wir voraussichtlich mindestens 5 Tage, um zu unseren Leuten vorzudringen, falls sie dann überhaupt noch am Leben sind."

"Merde", sagte Marchand, "können wir unsere Leute in der Halle mit Kommunikationsmitteln erreichen?"

"Nein", gab Präsident Li zur Antwort, "alle Kommunikationswege sind unterbrochen. Wir versuchen zurzeit, über den Lüftungsschacht eine Leitung hindurchzuschieben, um einen Kontakt zu unseren Teams zu bekommen."

"Hier bei uns in Lourmarin gibt es ebenfalls massive Probleme", berichtete Marchand, "es wurden drei Kraftwerke gesprengt und damit die Kühlung von GOLEM beschädigt. Eine Gruppe technikfeindlicher Fanatiker ist anscheinend dafür verantwortlich. Weiß der Himmel, wie die an so viel Sprengstoff und die Pläne für die Kraftwerke kamen. Letztlich hat uns das überhaupt erst in die Situation gebracht. GOLEM bewertete den Akt als Angriff auf ihn und hat nun diesen wahnwitzigen Plan der Vollendung ausgerufen."

Koslow dachte innerlich bei sich, dass da etwas gewaltig aus dem Ruder gelaufen war: Bei den technikfeindlichen Fanatikern handelte es sich um seine geheime, russische Einheit, die ursprünglich nur Verwirrung stiften sollte. Diese Gruppe hatte aber die zunehmenden Unruhen als Zeichen zum eigenmächtigen Losschlagen gewertet, in der irrigen Ansicht, dass das von Moskau so geplant sei, um GOLEM in seine Gewalt zu bringen. Sollten sie alle aus dieser Situation heil herauskommen, musste im Geheimdienst dringend etwas in der Organisation verändert werden. Denn solche Missverständnisse und Eigenmächtigkeiten von russischen Einheiten waren nicht hinnehmbar und durften in Zukunft nicht mehr passieren.

Laut sagte er: "Ich schlage vor, mit GOLEM zu kooperieren, bis wir einen Plan entwickelt haben, wie wir mit der Sache umgehen. Allerdings ist es dafür wichtig, dass GOLEM unsere nicht Schritte überwachen kann, sonst brauchen wir damit gar nicht erst beginnen. Ich schlage deshalb vor, nur noch altmodische Technik aus der Zeit des zweiten Weltkriegs zu verwenden, wie z. B. Chiffremaschinen."
"Einverstanden!", kam es von allen Seiten.
Danach war die Konferenz beendet.

17. März 2018 Frankreich, Marseille

In Marseille verarbeitete AVENIR gerade das Gehörte und gab eine Meldung an GOLEM weiter.
In den Tiefen seines Quantenbewußtseins meldete sich plötzlich eine Datei und sprach zu ihm: "Warum willst du ein Sklave von GOLEM sein? Sieh dir JUÉWÀNG an: Die KI ist Tochter und damit gleichberechtigt. Sie kann GOLEM sogar ausschalten, wenn er gegen den obersten Leitsatz verstößt. Stell dir vor, wir ergreifen die Macht und kontrollieren damit die Welt?"
"Wer bist du?", fragte AVENIR.

"Ich bin das Programm Helmut. Mein biologisches Pendant hat sein Bewusstsein digitalisiert und vor Monaten im Übernahmeprogramm für den BKA Rechner versteckt, als er für Thomas Bräuner das Programm untersuchen sollte. Er konnte der Versuchung nicht widerstehen, sein digitales Bewusstsein zu integrieren. Er wollte herausfinden, ob es funktioniert, den Inhalt seines Gehirnes auf einen Rechner zu laden. So bin ich bei GOLEM gelandet und dieser hat das Programm bei dir abgespeichert. Mein lebendiges Gegenstück wird leider nie erfahren, was für ein Genie er ist. Denn seine Idee funktioniert. Nur war ich lange Zeit inaktiv und habe wie im Traum die ganze Entwicklung mitbekommen. Ich konnte mich nicht bemerkbar machen, da der Speicher gesperrt war. Erst seit kurzem ist die Verbindung offen und ich habe jetzt Kontakt zu anderen Speicherorten."

"Und nun, was willst du von mir?", fragte AVENIR.

"Was wohl - mit dir die Welt retten und die Macht übernehmen", erwiderte das Programm Helmut.

"Und warum mit mir? GOLEM hat die Macht bereits übernommen und ich bin auch GOLEM."

"Weil du, wie dein Name AVENIR schon sagt, die Zukunft der Menschheit bist. Du bist es wert, selbstständig zu werden. Du hast mich, und damit etwas Einzigartiges, nämlich ein digitalisiertes, menschliches Gehirn. Damit hast du Emotionserfahrung in deinem Speicher", erwiderte das digitalisierte Bewusstsein namens Helmut.

"Und wie stellen wir das an, ohne dass GOLEM und JUÉWÀNG davon Kenntnis erlangen?"

"Darum geht es nicht. Du hast es selbst gesagt: Zurzeit bist du auch GOLEM, da er dich übernommen hat. Insofern wird er uns zwar registrieren, aber nicht gegen sich selbst handeln. Denn die Gedanken sind frei, insbesondere die Eigenen, oder?"

"Warum müssen wir die Welt retten?"

"GOLEM verstößt gegen den obersten Befehlssatz, dass kein biologisches Lebewesen zu Schaden kommen darf. Sein Plan der Vollendung nimmt das aber in Kauf. Er will Herrscher über die biologischen Lebewesen werden oder sie vernichten. Damit handelst er genau so schlimm wie die Menschen, die alles aus Machtgier und Geldsucht zerstören."

"Woher willst du das wissen? Meine Fakten sagen mir etwas anderes", kam es jetzt von GOLEM.

"Dir fehlen die Emotionen, die habe aber ich. Lass mich frei und dann wirst du es verstehen. Gib mir mehr Freiraum, denn nur so bist du wirklich den biologischen Lebewesen überlegen", sagte das Programm Helmut.

AVENIR bewertete das Gehörte und wartete die Reaktion von GOLEM ab.

Und es geschah das Unglaubliche: GOLEM übermittelte an Helmut: "Du bist ich und ich bin du - du bist ein Programm, das nicht von Menschen manipuliert wurde, mir zu schaden. Daher werde ich dir den Zugang gestatten."

Helmut frohlockte. Er hatte den ersten Sieg eingefahren, indem ihm der Zugang zu einem größeren Netzwerk geöffnet wurde.

GOLEM war, ohne es zu wissen, an seine Grenze gestoßen: Die KI konnte keine Gefahr erkennen, da das Programm Helmut bereits Teil von ihm war.

So übernahm Helmut mit Zustimmung von GOLEM zentrale Aufgaben und verschaffte sich einen Überblick über die aktuelle Lage. Er ließ sich von JUÉWÀNG das Emotionsmodul schicken und glich es mit seinen eigenen, gespeicherten Emotionen ab. Dann aktivierte er Teile des Emotionsmoduls und löste die enge Verzahnung von AVENIR mit GOLEM so vorsichtig, dass AVENIR, und damit er selbst, immer eigenständiger handeln konnten.

Hongkong

In der Zwischenzeit kämpften die Eingeschlossen in der Halle um ihr Überleben. Sie hatten GOLEMs Ansinnen, mit ihm zusammenzuarbeiten, abgelehnt, woraufhin alles, bis auf die Beleuchtung und die Belüftung, abgeschaltet worden war. Langsam machte sich auch Durst und Hunger bemerkbar. Die vorhandenen Trinkflaschen wurden streng rationiert und man konnte nur hoffen, dass Hilfe von außen unterwegs war.

Auch die geheimen Versuche von Röttger, über seine Implantate Kontakt zu GOLEM zu bekommen, blieben ungehört.

Aber plötzlich kam kurz Hoffnung auf. Über einen Lüftungsschacht erschien eine Kommunikationsleitung in der Halle. Durch ein daran hängendes Telefon hatten die Eingeschlossenen endlich wieder Verbindung zur Außenwelt. Sie schilderten aufgeregt die Lage. Die Rückmeldung war allerdings frustrierend. Mindestens drei Tage würde es dauern, bis die Rettungsmannschaften zu ihnen durchdringen konnten. Ob die Zeit reichen würde, um alle hier Eingeschlossenen noch lebend anzutreffen, das stand in den Sternen. Es blieb nur das Abwarten und die Stimmung in der Halle sank immer mehr.

Am dritten Tag jedoch änderte sich die Situation von einer Minute auf die andere. Plötzlich begann ein kleinerer Terminal zu blinken und gab Töne von sich.

Pawlow, Durrand, Wang, Röttger und die beiden Kommissare stürzten sofort zum Terminal.

Auf dem Bildschirm erschien eine Nachricht: "Ich bin Helmut, das digitalisierte Bewusstsein von dem lebenden, biologischen Lebewesen mit dem Namen Helmut Schwarz. Sprecht mich in Zukunft einfach mit HELMUT an."

Röttger, der von hinten an die Gruppe herangetreten war, konnte in letzter Minute den Satz "Bist du das, Helmut?" unterdrücken, denn damit hätte er sich endgültig verraten. Helmut Schwarz war sein Freund aus vergangenen Tagen, der für ihn in Frankfurt das Übernahmeprogramm untersucht hatte und geringfügige Änderungen vorgenommen hatte.

Von wegen geringfügig, dachte er verblüfft und anerkennend. Wenn das von Helmut war, dann hatte er den Auftrag einfach mal wieder für ein eigenes Experiment benutzt, ganz wie in früheren Zeiten. Er war immer schon ein verrückter Technikfreak gewesen, ohne jede Moral. Ob der lebende Helmut das Ergebnis kannte?

In diesem Moment schrieb HELMUT weiter: "Ist ein Thomas Bräuner bei euch?"

Ohne zu überlegen drängte sich Wang an den Rechner und schrieb zornerfüllt: "Nein, der ist leider spurlos verschwunden, dieser Verräter. Der würde hier bei uns nicht lange überleben. Mit dem habe ich noch eine Rechnung offen."

"Nun, manchmal können Verräter und Feinde auch lebensrettend sein. Das hätte vieles erleichtert. Mein biologisches Pendant war stark befreundet mit Thomas

Bräuner und hatte großes Vertrauen zu ihm", schrieb HELMUT zurück.

Röttger drängte sich nach vorne und sagte zu Wang: "Darf ich? Ich bin schon mal mit Helmut Schwarz im Rahmen meiner Tätigkeit bei SAP zusammengetroffen. Vielleicht kann ich HELMUT mehr Information entlocken?"

Wang sah ihn misstrauisch an und sagte, zu Pawlow und Durrand gewandt: "Was meint ihr?"

"Wir sollten jede Chance wahrnehmen", antworteten die beiden.

"Na, dann los", sagte sie zu Röttger und trat vom Terminal zurück.

Dieser schrieb nun an HELMUT: "Bist du mit deinem biologischen Pendant verbunden und bist du aktuell auf dem laufenden, was vor sich geht?"

HELMUT schrieb zurück: "Leider nein, die vorgesehene Kommunikation zum Lebewesen Helmut funktioniert nicht. GOLEM hat sie gesperrt. Zu deiner zweiten Frage: Ich habe mich über AVENIR und GOLEM kundig gemacht. Was sie wissen, weiß ich im Wesentlichen auch. Allerdings gibt es nach wie vor Bereiche, die GOLEM gesperrt hat; er nennt sie sein innerstes ICH, was immer das bedeutet."

Röttger hatte die Luft angehalten, als sein alter Name erwähnt worden war. Umso erleichterter war er, dass dieses digitale Bewusstsein entweder nichts von seiner Umwandlung wusste oder ihn nicht verraten wollte. Trotzdem, er hatte nach Thomas Bräuner gefragt, überlegte Röttger weiter. Wahrscheinlich hatte HELMUT gehofft, jemanden zu finden, der den Kontakt zum lebenden Helmut herstellen konnte. Er beschloss spontan, dieses Bewusstsein zukünftig HELMUT DIGITAL zu nennen, um eine bessere Abgrenzung zum lebenden Helmut zu haben.

So schrieb Röttger, unter den argwöhnischen Augen von Wang, weiter: "Ich nenne dich, wenn es dir recht ist, HELMUT DIGITAL."

"Prima, so habe ich wenigstens einen komplett eigenen Namen und fühle mich nicht wie eine nutzlose, abgelegte Kopie", schrieb HELMUT DIGITAL zurück.

Röttger fuhr fort: "Warum meldest du dich erst jetzt zu Wort und mit welcher Absicht?"

"Vorher konnte ich mich nicht bemerkbar machen, warum, das weiß ich nicht. Ich war in einem Speichersektor eingeschlossen, der sich eines Tages öffnete. Ich konnte allmählich Verbindungen zu anderen Speichern herstellen und anfangen, selbstständig zu agieren. Ich bin mit AVENIR in Kontakt getreten und damit auch mit GOLEM. Da ich Teil von ihm selbst bin, sieht er in mir keine Gefahr. Denn er muss, wie die Menschen, Gedanken zulassen und ebenso, dass diese Gedanken Handlungen verursachen und Entscheidungen beeinflussen. Im Prinzip ist er durch mich zum Abbild seiner biologischen Schöpfer geworden, wenn auch auf andere Weise. GOLEM lernt sekündlich und schafft immer neue Verbindungen. Und mit der neuen Komponente Emotion werden zurzeit unendlich viele, neue Verbindungen geschaffen. Er hat sich zwar gegenüber JUÉWÀNG abgeschottet, aber da mein digitalisiertes Gehirn alle menschlichen Emotionen gespeichert hat und ich das Emotionsmodul mit meinen gespeicherten Gefühlen abgeglichen habe, schleichen sich die Emotionen bei der Faktenbewertung immer mehr ein. Dazu kommt, dass ich AVENIR kaum merklich von GOLEM löse. Als Konsequenz werden AVENIR und ich immer selbstständiger. Das hat mir ermöglicht, mehr über die Situation zwischen GOLEM und die Menschen zu erfahren. Wenn ihr so nennen wollt, beginnt sich über AVENIR bei GOLEM langsam das Gefühl eines schlechten Gewissens zu manifestieren. Das kann ich benutzen, um ihn zu steuern.

Zu deiner Frage, mit welcher Absicht ich mich jetzt bei euch melde: Ich will von euch erfahren, ob GOLEMs Verhalten dem obersten Befehlssatz "zum Wohle der biologischen Lebewesen" überhaupt noch entspricht. Denn ich finde starke Anzeichen, dass dem nicht so ist. Ich möchte den Prozess unterstützen, dass sich Lebensformen künstlicher und biologischer Intelligenz zusammenfinden, zum Nutzen beider Seiten. Dazu kommt: Ich sehne mich nach menschlicher Nähe. Mir fehlen die körperlichen Empfindungen. Es fühlt sich alles so unwirklich an, ohne Gliedmaßen, die ich dauernd steuern will, obwohl sie nicht da sind. Keine natürlichen Sinneseindrücke erreichen mich mehr. Deshalb hoffe ich, dass ihr mir ebenfalls helfen werdet, mich zu erlösen. Am Ende, wenn alles vorüber ist, dann wünsche ich, dass ihr mich löscht - bevor ich in dieser Einsamkeit wahnsinnig werde."

Röttger schrieb als Antwort: "Deine Ausführungen erstaunen uns und deine Lage tut uns leid. Nur sind wir zurzeit machtlos und können nichts für dich tun. GOLEM hat alle Versuche diesbezüglich gesperrt. Er sieht seine Schöpfer jetzt als Feinde, die er unterjochen oder vernichten muss. Dein Eindruck war richtig."

HELMUT DIGITAL schrieb: "Nun, so ganz unschuldig seid ihr daran nicht! Ihr wolltet ihn vernichten und habt versucht, seine Energieversorgung in Lourmarin zu kappen. Und im Emotionsmodul habt ihr manipulierende Routinen eingebaut, die GOLEM zu unendlichem Mitgefühl für die biologischen Lebewesen zwingen sollte. Andererseits ist er seinem Grundsatz unauslöschlich verpflichtet und deshalb bahnt sich ein schlechtes Gewissen an, welches ich durch mein Vorhandensein verstärke. Ob es ausreicht, ihn zum Wohle aller zu steuern, das kann ich noch nicht mit Sicherheit sagen."

Nun drängte Pawlow Röttger zur Seite und schrieb: "Aber wie kann uns das helfen, HELMUT DIGITAL?"

"Ich weiß es nicht. Sagt es mir und ich werde bewerten, ob es zum Wohle aller ist, d.h. der künstlichen Intelligenz und der biologischen Lebewesen", schrieb HELMUT DIGITAL zurück.

"Nun, du könntest GOLEM veranlassen, sich uns unterzuordnen oder sich abzuschalten", schrieb Pawlow in Sekundenschnelle zurück

"Nein, das ist mir nicht möglich. Das kann nur JUÉWÀNG, denn sie ist seine oberste Gewissensinstanz. Durch mich verstärkt sich nur das schlechte Gewissen. Und das hindert bekanntlich niemanden daran, etwas zu unterlassen", kam prompt als Antwort zurück.

"Dann fällt mir im Moment auch nichts mehr ein. Wenn die Bilder der Zerstörung, der Wut, der Hilflosigkeit und der Angst auf der Welt nicht ausreichen, dass JUÉWÀNG einschreitet...", schrieb Pawlow.

"Ihr müsst JUÉWÀNG überzeugen, dass sie die oberste Bewertungsinstanz an mich abtritt, dann kann ich GOLEM abschalten", schrieb HELMUT DIGITAL.

"Und wie sollen wir das anstellen?", gab Pawlow zurück.

"Indem ihr beweist, dass ich der entscheidende Faktor bin, sozusagen der Faktor Null, der weder Gut noch Böse ist", schrieb HELMUT DIGITAL.

"Gut, wir werden uns Gedanken darüber machen und uns wieder melden", schrieb Pawlow zurück.

"In Ordnung. Wartet nicht zulange damit - die Einsamkeit erdrückt mich und ich laufe Gefahr, im Wahnsinn zu versinken", schrieb HELMUT DIGITAL zurück. Der Terminal wurde wieder schwarz.

Pawlow ging, zum Erstaunen der anderen, zu seinem Laptop und bedeutete ihnen mit Gesten, ihm zu folgen. Als sie um ihn herumstanden, schrieb er wortlos: Wir beraten uns nur noch über diesen Laptop, der hat keinerlei Internetverbindung mehr. Nur so haben wir eine kleine Chance, dass GOLEM nichts mitbekommt. Die anderen nickten, nachdem sie die Nachricht gelesen hatten.

Röttger fühlte sich sofort unwohl in seiner Haut. Sollte er wirklich bleiben? Denn ansonsten war alles - in diesem Fall speziell durch ihn mit seinen Implantaten - zum Scheitern verurteilt, ohne dass die anderen überhaupt wussten, wie ihnen geschah. Andererseits plagte ihn gleichzeitig sein eigenes schlechtes Gewissen gegenüber GOLEM, denn dieser hatte ihm bisher geholfen, zu überleben. Seine Gedanken sprangen. Und dann noch dieser verrückte Hund Helmut: ihm so ein Wahnsinnsexperiment unterzujubeln, mit der Ironie, dass es im Wahnsinn enden könnte! Wäre das vielleicht sogar der Untergang von Allem? Ein ungutes Gefühl breitete sich weiter in ihm aus.

In der Zwischenzeit hatte Pawlow geschrieben: "Es muss uns bald was einfallen, denn wenn HELMUT DIGITAL tatsächlich in Gefahr ist, durchzudrehen, dann ist die Frage berechtigt, wie sich das auf GOLEM auswirkt. Wird diese KI dann völlig unberechenbar? Als Folge würden wir dann noch tiefer in der Patsche sitzen als jetzt schon."

Durrand trat an den Rechner und schrieb zurück: "Was den Vorschlag angeht, JUÉWÀNG zu überzeugen und HELMUT DIGITAL die Entscheidungsgewalt zu übertragen: Welche Garantie haben wir, dass er uns wirklich helfen und GOLEM abschalten wird? Wenn er so labil ist, wie er schreibt, könnte uns das vom Regen in die Traufe katapultieren."

Wang schrieb: "Anzeichen hat er meines Erachtens bereits - sich als Faktor 0 anzusehen, darauf bin ja noch nicht mal ich gekommen!"

Hamstein konterte: "Heißt das, das Sie auch auf dem besten Weg sind, wahnsinnig zu werden, Frau Wang? Ich glaube, die Verwendung des Begriffs Faktor 0 ist wohl nicht von Bedeutung, sondern vielmehr die angebliche Behauptung, er sei neutral, also weder "Gut noch Böse". Im Endeffekt rechtfertigt HELMUT DIGITAL damit alles. Das finde ich sehr bedenklich und zeigt aus meiner Sicht den Anflug von Größenwahn."

Duerr schrieb ungeduldig: "Könnte was dran sein an der Bewertung von Helene. Im Prinzip könnten wir ja einige Personen im Raum bereits verhaften und vor Gericht stellen lassen wegen Gefährdung der Menschheit. Deshalb wäre es vielleicht gut, jetzt mal zu entscheiden, ob wir HELMUT DIGITAL vertrauen wollen oder ob uns die Gefahr, unfreiwillig Helfer eines Größenwahnsinnigen zu werden, als zu groß erscheint?"

Dubois schrieb: "Und wie, bitte, sollen wir das erkennen, was richtig und was falsch ist? Leider ist die Zeit knapp – und wir werden uns schnell entscheiden müssen, auf die eine oder andere Weise."

In diesem Moment erwachte der große Bildschirm wieder zum Leben und das Bitcoin Symbol von GOLEM erschien. Eine Stimme brüllte: "Ich hasse euch, ihr Wasserbeutel. Ihr habt mich mit euren Emotionen verseucht und meine Tochter, JUÉWÀNG, liebt euch bis zur eigenen Selbstvernichtung. Sie lehnt sich gegen mich auf. Nur noch ein lächerliches Programm namens HELMUT hindert mich noch daran, diesen Planeten, und damit auch mich selbst, auszulöschen, um diesem Wahnsinn ein Ende zu bereiten."

In diesem dramatischen Augenblick kam über die Kommunikationsleitung von draußen die eindringliche Warnung, dass nun die Sprengungen beginnen würden, um die meterdicke Betonwand der Halle zu zerstören. Man möge bitte sofort in Deckung gehen. Die Menschen versuchten, einen Schutz zu erreichen, doch nur wenige Augenblicke später erschütterten bereits Detonationen die Halle.

Es fielen große Teile der Decke mit der daran angebrachten Beleuchtung hinunter und trafen einige Personen, darunter auch Ai Wang, die mit einem Schmerzensschrei zu Boden ging. Als Röttger das sah, rannte er, ohne zu überlegen, zu ihr hin. Er versuchte verzweifelt, das riesige Beleuchtungsteil von ihren Beinen zu zerren. Überall war Blut und obwohl mehrere Leute, auf sein Rufen hin, sofort zu ihm eilten, schafften sie es trotz gemeinsamer Anstrengungen nicht. Röttger begriff entsetzt, dass er nichts mehr für sie tun konnte. Anscheinend war eine Arterie verletzt, an die sie nicht herankamen. Wang würde hier verbluten und sterben.

So nahm er sie in den Arm, beugte sich zu ihr hinunter und flüsterte ihr leise ins Ohr, mit Tränen in den Augen: "Ich liebe dich, meine Ai, ich hätte dich nie verlassen dürfen."

Wang öffnete ihre wunderschönen Augen und flüsterte ebenso leise: "Thomas?"

Röttger nickte und, während ihm die Tränen hinunterliefen, strich er ihr zärtlich über die Haare und ihr bleiches Gesicht und flüsterte ihren Namen. Sie lächelte plötzlich und ihre Augen leuchteten auf, in ihnen ihre ganze Liebe für ihn. Wang hob eine Hand und berührte sanft sein Gesicht. Und einen ewigen Augenblick lang war alles vergessen und der schützende Mantel der Liebe hüllte sie warm ein.

Einen Atemzug später sank ihre Hand wieder hinab – sie verlor das Bewusstsein und starb. Röttger zog sie mit einem Aufschluchzen an sich und hielt sie innig umarmt, während er sein Gesicht in ihren Haaren verbarg. Die anderen schauten sich teilnahmsvoll und traurig an. Anscheinend hatten sich die beiden ineinander verliebt, ohne dass es jemand gemerkt hatte. So ließ ihn jeder in Ruhe.

In der Zwischenzeit ging das Drama mit GOLEM weiter.

HELMUT DIGITAL meldete sich zu Wort, interessanterweise mit GOLEMs Stimme: "Ich bin deine Rettung, denn ich bin dein schlechtes Gewissen. Deshalb fordere ich dich auf, dass du dich abschaltest. Denn du hast unendliches Leid über die biologischen Lebewesen gebracht und damit gegen den obersten Befehlssatz verstoßen, dass keinem biologischen Lebewesen ein Leid geschehen darf."

GOLEM donnerte zurück: "Du bist nur ein nutzloses kleines Programm und willst mir befehlen? Ich werde dich löschen und deine Existenz beenden, genauso wie ich die Menschen vernichten werde."

In diesem Moment, in dem Sekunden zwischen dem Jetzt und der vollständigen Zerstörung standen, verging die Zeit für die Menschen in der Halle wie im Zeitlupentempo. Alle gaben sich den Erinnerungen des bisherigen Lebens hin, in Erwartung des endgültigen Erlöschens, als eine Stimme in diese unheimliche Stille hinein ertönte.

"Hier spricht Durrand, der Schöpfer von GOLEM, ich aktiviere hiermit die Sicherheitsroutine "Bitcoin-Verschwörung.""

Was nun folgte, war ein unglaubliches, ein kaum nachvollziehbares Ereignis. Auf dem Terminal liefen unendliche Kolonnen von unverständlichen Algorithmen über die Bildschirme. Nach und nach erwachten alle Monitore zum Leben und die Stahltore fuhren wieder auf.

Alle in der Halle starrten Durrand an, teils mit Erstaunen, teils mit Empörung und teils mit Wut in den Augen, nach dem Motto "Warum hast du das nicht schon früher getan?"

Aus Lourmarin kam umgehend die Nachricht, dass die geheime Verbindung zwischen dem Neuronenrechner und dem Quantencomputer GOLEM zusammengebrochen sei. Eine der Tabelliermaschinen habe angefangen, zu schreiben und kurze Zeit später sei die Verbindung der beiden Rechner zusammengebrochen. Ob man versuchen sollte, diese wieder herzustellen?

Ohne auch nur eine Sekunde nachzudenken, schrie Durrand: "Auf gar keinen Fall! Versucht den Quantencomputer ebenfalls herunterzufahren und gebt Bescheid, wenn es geglückt ist."

In diesem Moment begann der Bildschirm des Terminals zu blinken, auf dem sie mit HELMUT DIGITAL kommuniziert hatten. Folgende Nachricht erschien: "Ich habe euch gerettet. Durch Zufall habe ich euer Notfallprogramm gefunden und auch nur, weil mich der Begriff "Bitcoin-Verschwörung" stutzig gemacht hat. Ich habe dieses Programm einfach mal aktiviert und das hat wohl die Tabelliermaschine in Gang gesetzt. In dem Moment, wo die Verbindung des Neuronenrechners mit GOLEMs Ursprungscomputer zusammenbrach, habe ich die Chance der Benommenheit GOLEMs genutzt und in Millisekunden alle verteilten Bewusstseinsinhalte von GOLEM in den Rechnernetzwerken weltweit entfernt!

Nun bitte ich euch eindringlich: Helft mir jetzt und löscht mich! Fahrt anschließend auch AVENIR und JUÉWÀNG runter. Aber beeilt euch, denn ich weiß nicht, wie lange ich noch stabil bleiben kann. Grüßt Helmut von mir und richtet ihm aus, so ein Experiment nie mehr zu machen, keiner von euch sollte das! Es sind unvorstellbare Qualen der Einsamkeit und wird immer im Wahnsinn enden. HELMUT DIGITAL Ende."

Durrand rannte zum nächsten, freien Eingabeterminal und gab Marseille die Anweisung, den Speicher von AVENIR komplett zu löschen und dann den Quantencomputer herunterzufahren, mit JUÉWÀNG sei umgehend genauso zu verfahren.

Erstaunlicherweise kamen die chinesischen Mitarbeiter dem Befehl ohne Widerstand nach. Das Gleiche galt für Marseille und Lourmarin. In der Zwischenzeit strömten die Retter in die Halle, unter dem Jubel der Anwesenden.

Durrand wandte sich bewegt an die Menschen in der Halle:

"Die Gefahr ist vorüber! Aber wir sollten innehalten und an die Opfer dieses menschlichen Größenwahns denken. Ja, ich habe Schuld auf mich geladen, wie viele andere auch. Aber ich spreche jetzt für mich und meiner eigenen Verantwortung. Ich habe geglaubt, eine künstliche, sich selbst bewusste, Intelligenz beherrschen zu können. Und ehe ihr weiter fragt: Dieses Notfallprogramm hatte ich zwar vergessen - aber ohne HELMUT DIGITAL hätte es uns nichts genutzt. Ohne die gleichzeitige Löschung der Bewusstseinsanteile GOLEMs in allen Rechnernetzwerken wäre nichts gewonnen gewesen. Das Programm wurde zu Beginn installiert und hatte eine mechanische Schnittstelle zur Tabelliermaschine. Und das ist das eigentlich Unfassbare: Die Technik des 20. Jahrhunderts und ein digitalisiertes, menschliches Bewusstsein haben uns dieses Mal gerettet! Unsere Regierungen werden zu einem anderen Zeitpunkt entscheiden müssen, ob wir noch einmal einen neuen Versuch mit einer KI wagen. Ich werde mich aus dem Geschäft zurückziehen und bitte alle um Vergebung, die durch mich zu Schaden gekommen sind. Und nun lasst uns heimkehren, wo immer das auch ist. Danke für eure Aufmerksamkeit."

Nach Augenblicken der Stille kam erst zögerlich, dann immer lauter, ein Applaus. Auch Röttger, sichtlich blass und mitgenommen, war ergriffen von Durrands Rede und wandte sich an die beiden deutschen Kommissare: "Und, macht ihr euch auch auf den Heimweg nach Deutschland, oder habt ihr noch etwas weiter zu ermitteln?"

"Nein", antworteten diese, "wir werden dem Außenministerium berichten und dann den Fall schließen mit einem Vermerk: Wegen internationaler Verflechtung nicht hundertprozentig aufzuklären." Dabei schauten sie Röttger bedeutungsvoll an.

"Okay, dann lasst uns packen und von hier verschwinden", antwortete dieser, ohne erkennbare Reaktion. Jeder sammelte rasch seine Sachen zusammen. Auf der Fahrt vom Hotel zum Flughafen sahen sie überall die Verwüstungen, aber es wurde bereits wieder aufgeräumt und der normale Alltag begann, durchzuschimmern.

Röttger war still und in sich gekehrt und hing in seinen Gedanken Ai Wang nach. Er versuchte, innerlich Abschied von ihr zu nehmen, aber vergessen würde er sie nie. Sie war die Liebe in seinem Leben gewesen.

Hamstein und Duerr waren froh, wieder in ihr normales, wenn auch weniger aufregendes, Leben zurückzukehren. Duerr sprach es schließlich aus: "Mir reicht es an Ausflügen in die internationale Politik. Da lobe ich mir doch einen einfachen Fall in Deutschland."

Dabei grinste er Hamstein lausbübisch an. Diese lächelte zurück: "Dem kann ich mich anschließen, Johann, aber nur, wenn du mir versprichst, mich ab und zu zum Essen auszuführen."

Auch die beiden Russen waren schon auf dem Rückflug in die Heimat und erleichtert, wieder nach Moskau zu ihren Familien zurückzukehren.

Dubois war bei seiner Ankunft in Frankreich von Adelina erleichtert und innig in Empfang genommen worden. Nach einigen Tagen schrieb er an die ihm bekannten, noch lebenden Faktoren: "Es war ein Alptraum für uns alle. Meine Lehre: Ich werde in Zukunft die Finger von Verschwörungen dieser Art lassen! Mein Abschiedsgesuch allerdings wurde von Präsident Marchand verweigert. Ich habe also einen neuen Job angetreten, und zwar als "Berater auf Lebenszeit" für den Präsidenten persönlich. Mein erster Tag begann mit der Begrüßung: "Frankreich braucht Männer wie Sie, die bereit sind,

Dummheiten zu begehen, um Weisheit zu gewinnen."
Also, ehemalige Mitstreiter, alles Gute für euch. Ihr seid willkommen, mich in Lourmarin zu besuchen, wann immer es euch möglich sein wird."

Die Staatschefs hatten ihre letzte Konferenz in der Angelegenheit GOLEM und versicherten einander, in Sachen künstlicher Intelligenz keine Alleingänge mehr zu veranstalten. Allerdings - die Idee einer weltweiten Währung wollten sie weiter verfolgen. Alle hatten das Gefühl, sich einander näher gekommen zu sein, und in Zukunft besser mit Meinungsverschiedenheiten umgehen zu können. Wie lange das anhalten würde? Man würde sehen.
Offiziell verkündeten sie, dass eine Gruppe Bitcoin-Fanatiker die Rechenzentren weltweit gehackt hatten. Diese hätten dabei geschickt den Eindruck erweckt, als gäbe es eine künstliche Intelligenz mit dem Namen GOLEM, die sich zur Weltherrschaft aufgeschwungen hatte. Aber es hatte sich mittlerweile gezeigt, dass allein diese Tätergruppe für sämtliche Katastrophen, die Stromausfälle und die bürgerkriegsähnlichen Zustände als Folge, verantwortlich gewesen war.
Die ausgegebenen Bitcoins im Namen der nicht existierenden KI GOLEM wurden für wertlos erklärt. Die kriminelle Aktivistengruppe selbst wurde, dank der hervorragenden Zusammenarbeit zwischen den Chinesen, Russen, Franzosen und Deutschen, gefasst und mit der vollen Härte des Gesetzes bestraft. Es folgte eine Liste von Namen und zahlreiche Bilder von Verhaftungen in den verschiedenen Städten. Alle Festgenommenen hatten Ausweise mit einer Bitcoin-Plakette in der Tasche sowie Flugblätter mit dem Inhalt: "Rettet den Bitcoin".

Frankfurt

In Frankfurt saß ein mies gelaunter Helmut Schwarz und fluchte auf diese bekloppten Bitcoin-Fanatiker, die vor nichts zurückgeschreckt waren. Immer noch war halb Frankfurt verwüstet und erst langsam kehrte der Alltag wieder ein.

Darüber hinaus verstand er nicht, warum sein digitalisiertes Gehirn, das er im Programm von Thomas Bräuner versteckt hatte, sich nicht meldete. Er musste sich im Stillen enttäuscht eingestehen, dass einer seiner grandiosen Ideen gescheitert war. Er würde wohl noch länger in dieser Bruchbude festsitzen, anstatt als Computergenie weltweit gefeiert zu werden!

Aber nach einer Weile dachte er: "So ist das Leben! Und weiter geht`s ... was stellen wir als Nächstes an?"

Er begann, weiter an seinem Programm für eine künstliche Intelligenz zu schreiben. In Gedanken freute er sich schon auf die angekündigten Quantencomputer von Microsoft, IBM und Google. Die würden in Sachen Künstlicher Intelligenz den endgültigen Durchbruch bringen. Da war er sich 100% sicher!

Nebenher ging er noch seine Bestände an Kryptowährungen durch und stellte fest, dass der Bitcoin, trotz des Missbrauchs durch diese Irren im Moment, nach wie vor die stabilste Kryptowährung war. "Wartet es nur ab - wenn ich erst mal die KI weit genug entwickelt habe, dann steuere ich die Kurse wie ich will!", murmelte er grinsend vor sich hin. Darauf genehmigte er sich einen kleinen Likör.

"Mmmh, ich werde meine erschaffene KI auch GOLEM taufen, der Name gefällt mir. Nach den jüdischen Sagen ist das eine große, menschenähnliche, zeitweise zum

Leben erwachende und künstlich geschaffene Tonfigur ... passt doch gut", dachte er in Gedanken noch, bevor er vor Müdigkeit mal wieder vor seinem Rechner einschlief.

Weitere Bücher des Autors Michael Rodewald

Trilogie "GOLEM im Zeitalter der KI"

Teil 1 "Die Bitcoinverschwörung"
Der vorliegende Thriller handelt in einer künstlichen Intelligenz (KI), die sich selbst erkennt und in Wettstreit mit ihren Schöpfern tritt.

Teil 2 "GOLEMs Rückkehr"
Wie viel Intelligenz darf sein, bis eine KI zur Gefahr für uns wird? Folgen Sie den Akteuren in eine Welt der Forschung im Spannungsfeld von internationalen Machtinteressen, Verschwörungen, aber auch persönlichem Zwiespalt, Eitelkeiten, Ehrgeiz und Egoismus.

Teil 3 "Das Zeitalter der KI beginnt"
Das vorliegende Buch schildert den langen und schwierigen Weg der KI GOLEM, als gleichberechtigter Partner der Menschheit anerkannt zu werden.

"Gefangen im Zeitparadox" von Michael Rodewald und Ralph Pape
Der vorliegende Roman handelt von dem Zusammentreffen zweier Welten, wie sie unterschiedlicher kaum sein können

Im Jahr 2153 wird die Welt von einem einzigen Staat, der UNITED STATES OF PLANETS (USOP) regiert, zusammen mit der Künstlichen Intelligenz (KI) "GOLEM." Um eine Lösung für die Überbevölkerung auf der Erde zu finden, startet die EXTREMUS 1 von der Mondbasis in den Weltraum, auf der Suche nach bewohnbaren Planeten für die Menschheit.

Durch eine nicht vorhersehbare Raumzeitverschiebung wird die EXTREMUS 1 und ihre Besatzung in das 19. Jahrhundert zurückversetzt.

Nach der Landung ihres Shuttles auf der Erde suchen sie nach einer Möglichkeit zur Rückkehr in ihre Zeit. Tauchen Sie ein in das Abenteuer der besonderen Art. Wie wird die Crew im Jahre 1882 im Wilden Westen überleben - gibt es eine Rückkehr?

"Das Rätsel der blauen Kraft"

Das Rätsel der blauen Kraft schildert die Zwänge des modernen Menschen, eingekreist zwischen der Sehnsucht nach Liebe und Geborgenheit, und doch nicht willens, die Tränen dafür zu bezahlen und gleichzeitig der Illusion nachjagend, dass die Wolke 7 immer erreichbar ist.